放爾千山萬水身

張曉風

旅遊散文精選

第一章／山長水遠

第二章／情之所至

第三章／人物

第四章／風物

第五章／方物

第六章／傾出古錦囊

人生，分明也是一部旅遊紀錄（序）

張曉風

香港北角，三月天，周末，香港筆會邀宴。滿座鴻儒，我舉起晶亮的杯子，隔著豔豔且醲醲的葡萄紅酒，和賓客言笑宴宴。香港的筆會，我本來無資格參加，我是臺北筆會的，但當時我正在港大任駐校作家，潘耀明先生便邀我前來短講，使我有機會加入盛會。而且那天剛好是我的生日——這是我七十三年來第一次沒跟家人一起過生日，卻意外地跟一屋子才俊同歡，內心難免竊喜。

就在這時候，中華書局的編輯于先生跟潘耀明一起來了，我「居安不思危」，沒顧到自己手上做不完的工作，居然就滿口答應拿出一本「旅遊文學選」來。我當時也不知自己究竟寫了多少跟旅遊有關的作品？而且，什麼叫旅遊文學？一時也覺定義困難。狹義的旅遊文學應該長得像柳宗元的〈永州八記〉吧？但是：

蘇東坡遭貶到湖北黃州，研發出「黃州紅燒肉」（很可能為了省錢，也加入了山筍），這道美食的說明，算不算旅遊文學？

秦少游的詞〈踏莎行〉，寫明了「郴州旅舍」，那裡面無端的妙問：「郴江幸自繞郴山，為誰流下瀟湘去？」全然寫情，算不算旅遊文學？

孔夫子立於川上，見到直奔天涯的水流，喟然而嘆：「逝者如斯夫，不舍晝夜。」那種對時間的哲學思維，算不算旅遊文學？

耶穌遠赴耶路撒冷，望著這屢遭敵人侵占的故城，曰：「噫！耶路撒冷，耶路撒冷，我亟欲聚爾之子女，覆而翼之，如母雞之翼小鶵，奈爾不從！」這悲天愴地的哀號，算旅遊文學嗎？

杜甫的泣血之作「感時花濺淚，恨別鳥驚心」，讀來雖不能令人賞心悅目，卻的確是他人在旅途中，寫的也的確是旅途中的情——悲情。讀者可能不預期讓自己讀到這麼沉重的文字，讀者要的可能只是愉悅的臥遊，加上淺淺的思悟……。

好在，中華書局說，可以，一切從寬定義，作者說了算。我當時又想，這一切選錄都請助理去做，反正什麼算旅遊，什麼不算旅遊，應該也不難分辨。

不意「判斷」一事，原來十分不易，助理雖也幫了忙，緊要關頭自己還是必須親力親為的。

這一來，竟花了四個月的時間。選文的方法，是把自己五十年來的散文全搬出來，有些扔到什麼老書架上去了也不知道，必須一番好找。有些絕了版，只好到別的選集裡去把它找回來。人還活著，整理文稿就已經如此艱難，一朝死了，大概就更麻煩了。

出版社的構想是出一本十萬字的書，多請幾位作者共襄盛舉，形成一系列壯觀的套書。我選著選著，發現自己寫過的遊記竟已遠超過十萬字。於是，重訂方針，只選早期作品。為了讓有研究精神的讀者知道來龍去脈，我在卷末註明「某篇」出於「某書」。而「某篇」出於「某書」的背後還有點曲折，那就是「某篇」往往不全選，只選其中和旅遊有關的心得。好在散文不像小說，是可以局部呈現的。

為了平衡一下「太多早期作品」的形勢，我又加選了一篇中期作品和近期作品，這兩篇是〈放爾千山萬水身〉和〈山事〉，前者是二〇〇一年寫的，後者則到此刻尚未發表。

在整理舊作的過程中，我恍然有悟，覺得人生一世，分明也是一部旅遊紀錄。天地不過一逆旅，時間不過一過客，而我們人類，不過是一介小童，拉著「時間媽媽」的裙角，悄悄隨行。一邊在千巖競秀中目不暇接，一邊不知不覺就老去了。

三十年前，我算是熱中旅遊的人。有時帶孩子去，理由是他們小，應該讓他們見識見識世界。有時帶老母親去，理由是母親來日無多，難得她仍有出遊的雅興，理該把握時機帶她出去走走。夫妻當然更當偕遊，我們是訂下盟約一世同行的人。自己一人也當獨遊，畢竟人也要對自己厚道一點……。不過後來，大約十五年前，因為世界碳量猛增，旅遊便有了罪惡感。所以，平常都在雜誌中臥遊，在電視機前坐遊，實際的旅遊就只靠開會之便順便遊它一下。像南極，能深夜燈下看攝影集中遠方的萬年積雪，已可謂至福，自己親征，就不必了——也因此，用遊記來代替一部分自己的旅遊，好像也是不錯的。

最後，要謝謝香港的中華書局的大度，允許廣州的花城出版社發行本書的簡體字版單行本，也允許臺灣的九歌出版社發行正體字版單行本。

今春去茶園，有人送了我一個小裝飾品，飾品用一鍊串兩物，一頭是紅澄澄的陶土柿子，另一頭是未剝殼的陶製花生，上書「『好柿』會『花生』」，諧音「好事會發生」（閩南人說普通話念「發」為「花」），令人莞爾。出此書，對我而言大概是發生了好事，不過，對讀者是不是好事——這倒是我很想知道的。

二〇一四・六・二〇

第一章／山長水遠

到山中去

德：

從山裡回來已經兩天了，但不知怎的，總覺得滿身仍有拂不掉的山之氣息。行坐之間，恍惚以為自己就是山上的一塊石頭，溪邊的一棵樹。見到人，再也想不起什麼客套辭令，只是痴痴傻傻地重複著一句話：「你到山裡頭去過嗎？」

那天你不能去，真是很可惜的。你那麼忙，我向來不敢用不急之務打擾你。但這次我忍不住要寫信給你。德，人不到山裡去，不到水裡去，那真是活得冤枉。

說起來也夠慚愧了。在外雙溪住了五年多，從來就不知道內雙溪是什麼樣子。春天裡每沿著公路走個半小時，看到山徑曲折，野花漫開，就自以為到了內雙溪。直到前些天，有朋友到那邊漫遊歸來，我才知道原來山的那邊還有山。

平常因為學校在山腳下，宿舍在山腰上，推開窗子，滿眼都是起伏的青巒，襯著窗框，儼然就是一卷橫幅山水，所以逢到朋友們邀我出遊，我總是推辭。有時還愛和人抬槓道：「何必呢？余胸中自有丘壑。」而這次，我是太累了、太倦了、也太厭了，一種說不出的情緒鼓動著我，告訴我在山那邊有一種神祕的力量，我於是換了一身綠色輕裝，登上一雙綠色軟鞋，擲開終年不離手的紅筆，跨上一輛跑車，和朋友們相偕而去。——我一向喜歡綠色，你是知道的，但那天特別喜歡，似乎是覺得那顏色讓我更接近自然，更融入自然。

德，人間有許多真理，實在是講不清的。譬如說吧，山山都有石頭、都有樹木、都有溪流。但，它們是不同的，就像我們人和人不同一樣。這些年來，在山這邊住了這麼久，每天看朝雲、看晚霞、看晴陰變化，自以為很了解山了，及至到了山那邊，才發現那又是另一種氣象，另一種意境。其實，嚴格地說，常被人踐踏觀賞的山已經算不得什麼山了。如果不幸成為名山，被些無聊的人蓋了些亭閣樓臺，題了些詩文字畫，甚至起了觀光旅社，那不但不成其為山，也不能成其為地了。德，你懂我了嗎？內雙溪一切的優美，全在那一片未鑿的天真，讓你想到，它現在的形貌和伊甸園時代是完全一樣的。我真願作那樣一座山，那樣沉鬱、那樣古樸、那樣深邃。德，你願意嗎？

我真希望你看到我，碰見我的人都說我那天快活極了，我怎能不快活呢？我想起前些年，戴唱給我們聽的一首英文歌，那歌詞說：「我的父親極其富有，全世界在祂權下，我是祂的孩子——我掌管平原山野。」德，這真是最快樂的事了——我統管一切的美。德，我真說不出，真說不出。我幾乎感覺痛苦了——我無法表達我所感受的。我們照了好些相片，以後我會拿給你看，你就可以明白了。唉，其實照片又何嘗照得出所以然來，暗箱裡容得下風聲水響嗎？鏡頭中攝得出草氣花香嗎？愛默生說，大自然是一件從來沒有被描寫過的事物。可是，那又怎能算是人們的過失？用人的思想去比配上帝的思想，用人工去摹擬天工，那豈不是近乎荒謬的嗎？

這些日子，應該已是初冬了，那寧靜溫和的早晨，淡淡地像溶液般四面包圍著我們的陽光，只讓人想到最柔美的春天，我們的車沿著山路而上，洪水在我們的右方奔騰著，森然的亂石壘疊著。我從來沒有見過這樣急湍的流水和這樣巨大的石塊。而芒草又一大片一大片地雜生在小徑旁。人行到此，只見淵中的水聲澎湃，雪白的浪花綻開在黑色的岩石上。那種蒼涼的古意四面襲來，心中便無緣無故地傷亂起來。回頭看遊伴，他們也都怔住了。我真了解什麼叫「懾人心魄」了。

「是不是人類看到這種景致，」我悄聲問茅，「就會想到自殺呢？」

「是吧，可是不叫自殺——我也說不出來。有一年，我站在長城上，四野蒼茫，心頭就不知怎的亂撞起來，那時只有一個想法，就是跳下去。」

我無語痴立，一種無形的悲涼在胸臆間上下搖晃。漫野芒草淒然地白著，水聲低昂而愴絕。而山溪卻依然急竄著。啊，逝者如斯，如斯逝者，為什麼它不能稍一回顧呢？

扶車再行，兩側全是壁立的山峰，那樣秀拔的氣象似乎只能在前人的山水畫中一見。遠遠地有人在山上敲著石塊，那單調無變化的金石聲傳來，令我怳然以驚。有人告訴我，他們是要開一段梯田。我望著那些人，他們究竟知不知道外面的世界呢？當我們快被緊張和忙碌扼死的時候，當寬坦的街市上樹立著被速度造成的傷亡牌，為什麼他們獨有那樣悠閒的歲月，用最原始的鑿子，在無人的山間，敲打出遲緩的時鐘？他們似乎也望了望這邊，那麼，究竟是他們羨慕我們，還是我們羨慕他們呢？

峰迴路轉，坡度更陡了，推車而上，十分吃力，行到水源地，把車子寄放在一家人門前，繼續前行。陽光更濃了，山景益發清晰，一切氣味也都被蒸發出來。稻香撲人，真有點醺然欲醉的味道。這時候，只恨自己未能著一身寬袍，好兜兩袖素馨回去。路旁更有許多叫得出來和叫不出來的野花，也都曬乾了一身的露水，抬起頭來了。在別人看得見和看不見的山徑上揮散著它們的美。

漸漸地，我們更接近終點，我向幾個在禾場上遊戲的孩子問路，立刻有一個濃眉大眼的男孩挺身而出。我想問他瀑布在什麼地方，卻又不知道臺灣話要怎麼表達。那孩子用狡黠的眼光望了望我。「水牆，是嗎？我帶你去。」啊，德，好美的名詞，水牆。我把這名詞翻譯出來，大家都讚歎了一遍。那孩子在前面走著，我們很困難地跟著他跑，又跟著他步過小河。他停下來，望望我們，一面指著路邊的野花蓓蕾對我們說：「還沒開，要是開了，你真不知有多漂亮。」我點頭承認——我相信，山中一切的美都超過想像。德，你信嗎？我又和那孩子談了幾句話，知道他已是小學五年級了。「你畢業後要升初中嗎？」他回過頭來，把正在嚼著的草根往路旁一扔，大眼中流露出一種不屑的神情：「不！」德，你真不知道，當時我有多羞愧。只自覺以往所看的一切書本、一切筆記、一切講義，都在他的那聲「不」中給否認了。德，我們讀書幹什麼呢？究竟幹什麼呢？我們多少時候連生活是什麼都忘了呢！

我們終於到了「水牆」了。德，那一霎直是想哭，那種興奮，是我沒有經歷過的。人真該到田園中去，因為我們的老祖宗原是從那裡被放逐的！啊，德，如果你看到那樣寬、那樣長、那樣壯觀的瀑布，你真是什麼也不想了，我那天就是那樣站著，只覺得要大聲唱幾句，震撼一下那已經震撼了我的山谷。我想起一首我們都極喜歡的黑人歌：

「我的財產放置在一個地方，一個地方，遠遠地在青天之上。」德，真的，直到那天我才忽然憬悟到，我有那樣多的美好的產業。像清風明月、像山松野草。我要把它們寄放在溪谷內，我要把它們珍藏在雲層上，我要把它們懷抱在深心中。

德，即使當時你胸中摺疊著一千丈的愁煩，及至你站在瀑布面前，也會一瀉而盡了。甚至你會覺得驚奇，何以你常常會被一句話騷擾。何以常常因一個眼色而氣憤。德，這一切都是多餘的，都是不必要的。你會感到壓在你肩上的重擔卸下去了，蒙在你眼睛上的鱗片也脫落了。那時候，如果還有什麼欲望的話，只是想把水面的落葉聚攏來，編成一個小筏子，讓自己躺在上面，浮槎放海而去。

那時候，德，你真不知我們變得有多瘋狂。我和達赤著足在石塊與石塊之間跳躍著。偶爾苔滑，跌在水裡，把裙邊全弄濕了，那真叫淋漓盡興呢！山風把我們的頭髮梳成一種脫俗的型式，我們不禁相望大笑。哎，德，那種快樂真是說不出來——如果說得出來也沒有人肯信。

瀑布很急，其色如霜。人立在丈外，仍能感覺到細細的水珠不斷濺來。我們撿了些樹枝，燃起一堆火，就在上頭烤起肉來。又接了一鍋飛泉來烹茶。在那陰濕的山谷中，我們享受著原始人的樂趣。火光照著我們因興奮而發紅的臉，照著焦黃噴香的烤肉，照著吱吱作響的清茗。德，那時候，你會覺得連你的心也是熱的、亮的、跳躍的。

我們沿著原路回來，山中那樣容易黑，我們只得摸索而行了，冷冷的急流在我們足下響著，真有幾分驚險呢！我忽然想起「世道艱難，有甚於此者」。自己也不曉得這句話是從書本上看來的，還是平日的感觸。唉，德，為什麼我們不生作樵夫漁父呢？為什麼我們都只能作暫遊的武陵人呢？

尋到大路，已是繁星滿天了，稀疏的燈光幾乎和遠星不辨。行囊很輕，吃的已經吃下去了，而帶去看的書報也在匆忙中拿去做了火引子。事後想想，也覺好笑，這豈是斯文人做的事嗎？但是，德，這恐怕也是一定的，人總要瘋狂一下荒唐一下、矯時干俗一下，是不是呢？路上，達一直哼著「蘇三起解」，茅喊他的秦腔，而我，依然唱著那首黑人名歌：「我的財產放置在一個地方，一個地方，遠遠地在青天之上……。」

找到寄車處，主人留我們喝一杯茶。

「住在這裡怎樣買菜呢？」我問他們。

「不用買，我們自己種了一畦。」

「肉呢？」

「這附近有幾家人，每天由計程車帶上一大塊也就夠了。」

「不常下山玩吧？」

「很少，住在這裡，親戚都疏遠了。」

不管怎樣，德，我羡慕著那樣一種生活，我們人是泥作的，不是嗎？我們的腳總不能永遠踏在柏油路上、水泥道上和磨石子地上——我們得踏在真真實實的土壤上。

山嵐照人，風聲如濤。我們只得告辭了。順路而下，不費一點腳力，車子便滑行起來。所謂列子御風，大概也只是這樣一種意境吧？

那天，我真是極困乏而又極有精神，極渾沌而又極能深思。你能想像我那夜的晚禱嗎？德，從大自然中歸來，要堅持無神論是難的。我說：「父啊，讓我知道，祢充滿萬有。讓我知道，祢在山中，祢在水中，祢在風中，祢在雲中。容許我的心在每一個角落向祢下拜。當我年輕的時候，教我探索祢的美。當我年老的時候，教我咀嚼祢的美。終我一生，教我常常舉目望山，好讓我在困阨之中，時時支取到從祢而來的力量。」

德，你願意附和我嗎？今天又是個晴天呢！風聲在雲外呼喚著，遠山也在送青了。德，撥開你一桌的資料卡，拭淨你塵封的眼鏡片，讓我們到山中去。

——選自《地毯的那一端》，原載於一九六三·十二《中央日報·副刊》

歸去

終於到了，幾天來白日談著，夜晚夢見的地方。我還是第一次來到這重疊的深山中，只是我那樣確切地感覺到，我並非在旅行，而是歸返了自己的家園。

我已經很久沒有像這次這樣激動過了。剛踏入登山的階梯，就被如幻的奇景震懾得憋不過氣來。我痴痴地站著，雙手掩臉，忍不住地想哭。參天的黛色夾道作聲，粗壯、筆直而又蒼古的樹幹傲然聳立。「我回來了，這是我的家。」我淚水微泛地對自己說，「為什麼我們離別得這樣久？」

一根古藤從危立的絕壁上掛下，那樣悠然地垂止著，好像一點不覺察它自己的偉大，也一點不重視自己所經歷的歲月。我伸手向上，才發現它距離我有多遠。我鬆下手，繼續忘神地仰視那突出的、像是要塌下來的、生滿了蕨類植物的岩石。我的心忽然進入一個陰涼的巖穴裡，渾然間竟忘記山下正是酷暑的季節。

疾勁的山風推著我，我被浮在稀薄的青煙裡。我每走幾步總忍不住要停下來，撫摩一下覆蓋著苔衣的山岩，那樣親切地想到「苔厚且老，青草為之不生」的句子。啊，我竟是這樣熟悉於我所未見的景象，好像它們每一塊都是我家中的故物！

石板鋪成的山徑很曲折，但也很平穩。我尤其喜歡其中的幾段——它們初看時和疊疊的石階並無二致。仔細看去才知道是整塊巨大的山岩所鑿成的。那一稜一稜的、粗糙而又渾厚的雕工表現著奇妙的力，讓我莫名地歡欣起來。好像一時之間我又縮小了，幼弱而無知，被抱在父親粗硬多筋的雙臂裡。

依還落在後面，好幾天來為了計畫這次旅行，我們興奮得連夢境都被擾亂了。而現在，我們已經確確實實地踏在入山的道路上，我多麼慚愧，一向我總愛幻想，總愛事先替每一件事物勾出輪廓，不料我心目中的獅山圖一放在真山的前面，就顯得拙劣而又可笑了。那樣重疊的、迂迴的、深奧蒼鬱、而又光影飄忽的山景竟遠遠地把我的想像拋在後面。我遂感到一種被凌越、被征服的快樂。

我們都坐在濃濃的樹蔭下——峙、茅、依和我——聽蟬聲和鳥聲的協奏曲。抬頭看天，幾乎全被濃得撥不開的樹葉擋住了。連每個人的眉宇間，也恍惚蕩過一層薄薄的綠霧。

「如果有一張大荷葉，」我對峙說：「我就包一包綠回去，調成一盒小小的眼膏。」

他很認真地聽著我，好像也準備參與一件具體的事業，「另外還要採一張小荷葉，包一點太陽的金色，攙和起來就更美了。」

我們的言語被呼嘯的風聲取代，入夏以來已經很久沒有聽過這樣的風聲了。剎那間，億萬片翠葉都翻作複雜的琴鍵，造物的手指在高低音的鍵盤間迅速地移動。山谷的共鳴箱將音樂翕和著，那樣鬱勃而又神聖，讓人想到中古世紀教堂中的大風琴。

路旁有許多數不清的小紫花，和豌豆花很相像，小小的，作斛狀，凝聚著深深的藍紫。那樣毫不在意地揮霍著她們的美，把整個山徑弄得有如一張拜占庭的鑲嵌畫。

我特別喜歡而又帶著敬意去瞻仰的，卻是那巍然聳立的峭壁。它那漠然的意態、那神聖不可及的意象，讓我忽然靜穆下來。我真想分沾一點它的穩重、它的剛毅，以及它的超越。但我肅立了一會兒便默然離去了——甚至不敢用手碰它一下，覺得那樣做簡直有點褻瀆。

走到山頂，已是黃昏了。竹林翳如，林鳥啁啾。我從來沒有看過這樣奇特的竹子。

這樣粗、這樣高，而葉子偏又這樣細碎。每根竹幹上都覆罩著一層霜狀的白色細末。把那綠色襯得非常細嫩。猛然看去，倒真像國畫裡的雪竹。所不同的，只是清風過處，竹葉相擊，平添了一陣環珮聲。

我們終於到了海會庵。當家師父為我們安頓了住處，就又回廚房削瓜去了。我們在院中盤桓了一會，和另外的遊客交談幾句。無意中一抬頭，猛然接觸到對面的山色。

「啊！」我輕輕叫了一聲，帶著敬畏和驚歎。

「什麼事？」和我說話的老婦也轉過身去。只見對面的山峰像著了火般地燃燒著，紅豔豔地、金閃閃地，看上去有幾分不真實的感覺，但那老婦的表情很呆滯，「天天日落時都是這樣的。」她說完就走了。

我，一個人，立在斜陽裡，驚異得幾乎不能置信。「天父啊！」我說，「祢把顏色調製得多麼神奇啊！世上的舞臺燈光從來沒有控制得這麼自如的。」

吃飯的時間到了，我很少如此餓過。滿桌都是素菜，倒也清淡可愛。飯廳的燈幽暗，有些很特殊的氣氛。許多遊客都向我們打聽臺北的消息，問我們是否有颱風要來。

「颱風轉向好幾天了，現在正熱著呢！」

也許他們不知道，在那個酷熱的城裡，人們對許多可笑的事也熱得可笑。

飯罷坐在廟前，看腳下起伏的層巒。殘霞仍在燃燒著，那樣生動，教人覺得好像差不多可以聽到火星子的劈啪聲了。群山重疊地插著，一直伸延到看不見的遠方。迷茫的白氣氤氳著，把整個景色渲染得有點神話氣氛。

山間八點鐘就得上床了，我和依相對而笑。要是平日，這時分我們才正式開始看書呢！在通道裡碰見當家師父，她個子很瘦小，臉上沒有一點表情。

「您來這裡多久了？」我問。

「唔，四、五十年了。」

「四、五十年？」我驚訝地望著她，「您有多大年歲？」

「六十多了。」她說完，就逕自走開了。

我原沒有料到她是那麼老了，我以為她還四十呢！她年輕的時候，想必也是很娟秀的。難道她竟沒有一些夢、一些詩、一些痴情嗎？四、五十年，多麼漫長的歲月！其間真的就沒有任何的牽掛、任何眷戀、任何回憶嗎？鐘鼓的聲音從正殿傳過來，低沉而悠揚。山間的空氣很快地冷了，我忽然感到異樣的淒涼。

第二天，依把我推醒，已經四點五十了。她們的早課已畢。我們走出正殿，茅和峙剛好看完了日出回來。原來我們還起得太晚呢！天已經全亮了，山景明淨得像是今天早晨才新生出來的。朝霞已經漂成了素淨的白色，無所事事地在為每一個山峰鑲著邊。

五點多，就開始吃早飯了。放在我面前的是一盤金色的苦瓜，吃起來有一些奇異的風味，依嘗了一口，就不敢再試了。茅也聞了聞，斷定是放了棘芥的葉子。棘芥？我還是第一次聽到。嗅起來有一點類似茴香，嚼起來又近乎芫荽。我並不很喜歡那種味道，但有氣味總比沒氣味好，這些年來讓我最感痛苦的就是和一些「非之無舉、刺之無刺」的人交往。他們沒有顏色、沒有形狀、沒有硬度、而且也沒有氣味。與其如此，何如在清風逡巡的食堂裡，品嘗一些有異味的苦瓜。（這種朋友稱之為棘芥的東西，五十年後回想起來，應是「九層塔」。）

六點鐘，我們就出發去找水簾洞了。天很冷，露水和松果一起落在我們的路上。鳥兒們跳著、叫著，一點沒有畏人的習慣。我們看到一隻綠頭紅胸的鳥，在凌風的枝頭嚶鳴。牠的全身都顫抖著，美麗的頸子四面轉動。讓我不由想起所羅門王所寫的雅歌：「不要驚動，不要叫醒我所親愛的，等他自己情願。」忽然，從很遠的地方傳來一陣微弱的呼應，那隻鳥就像觸電似的彈了出去。我仰視良久，只是一片淺色的藍天和藹地伸延著。

「牠，不是很有風度嗎？」我小聲地說。

其餘的三個人都笑了，他們說從來沒聽說過鳥有風度的。轉過幾處曲折的山徑，來到一個很深的峽谷，谷中種了許多矮小的橘樹。想像中開花的季節，滿山滿谷都是香氣，濃郁得教人怎麼消受呢？幸虧我們沒趕上那個季候，不然真有墜崖之虞呢！

峽谷對面疊著好幾重山，在晨光中幻化出奇異的色彩來。我們真是很淺薄的，平常我們總把任何形狀、任何顏色的山都想像作一樣的，其實它們是各自不同的。它們的姿容各異，它們疊合的趣味也全不相像。靠我們最近的一列是嫩嫩的黃綠色，看起來絨絨的、柔柔的。再推進去是較深的蒼綠。有一種穩重而沉思的意味。最遠的地方是透明而愉快的淺藍。那樣豁達、那樣清澄、那樣接近天空。我停下來，佇立了一會，暗暗地希望自己腳下能生出根來，好作一棵永遠屬於山、永遠朝參著山景的小樹。

已是七點了，我們仍然看不見太陽，恐怕是要到正午時分才能出現了。漸漸地，我們聽到淙淙的水聲。溪裡的石頭倒比水還多，水流得很緩慢、很優美。

「在英文裡頭，形容溪水的聲音和形容情人的說話，用的是同樣的狀聲詞呢！」峙說。

「是嗎？」我戀戀地望著那小溪，「那麼我們該說流水喁喁了。」

轉過一條小徑，流水的喁喁逐漸模糊了。一棵野百合燦然地開著，我從來不認為有什麼花可以同百合比擬。它那種高華的氣質、那種脫俗的神韻，在我心裡總象徵著一些連我自己也不全然了解的意義。而此刻，在清晨的谷中，它和露而綻開了，完全無視於別人的欣賞。沉默、孤獨、而又超越一切。在那盛開的一朵下面，悲壯地垂著四個蓓蕾。繼第一朵的開放與凋落之後，第二朵也將接著開放、凋落。接著第三朵、第四朵……。是的，它們將連續著在荒蕪的谷中奉獻它們的潔白與芳香。不管有沒有人經過，不管有沒有人了解。這需要怎樣的胸襟！我不由想起王摩詰的句子「澗戶寂無人，紛紛開且落」以及孔子所說的「知其不可而為之」，心情不覺轉變得十分激烈。

水聲再度響起，這是一個狹窄的溪谷，水簾洞已經到了。洞簷上生著許多變種的小竹子，倒懸著像藤蘿植物似的。水珠從上面滴下來，為石洞垂下許多串珠簾。把洞口的土地滴得有些異樣，洞裡頭倒是很乾燥。

溪谷裡有很大的石頭，脫了鞋可以從容地玩玩。水很淺，魚蝦來往優游。我在石上倚了好一會，發覺才是八點。如果在文明社會裡，一切節目要現在才開始呢！想臺北此刻必是很忙了。黏黏的柏油路上，掛著客滿牌子的汽車又該啣尾疾行了。

我們把帶來的衣服洗好，掛在樹枝上。便斜靠著石頭看天空。太陽漸漸出來了，把山巔樹木的陰影繪在溪底的大石頭上。而溪水，也把太陽的迴光反推到我們臉上來。山風把鳥叫、蟬鳴、笑聲、水響都吹成模糊的一片。我忽然覺得自己也被攪在那聲音裡，昏昏然地飄在奇異的夢境之中。真的，再沒有什麼比自然更令人清醒，也再沒有什麼比自然更令人醺然。過了一會，我定神四望，發現溪水似乎是流到一個山縫裡而被夾住了。那山縫看起來漆黑而森嚴，像是藏著一套傳奇故事。啊！這裡整個的景色在美麗中包含著魔術性。

太陽升得很高，溪谷突然明亮起來。好像是平緩的序曲結束了，各種樂器忽然奏起輕柔明快的音響，節拍急促而清晰。又好像是畫冊的晦暗封面被打開了，鮮麗的色彩猝然躍入視線，明豔得教人幾乎眩昏。坐在這種地方真需要一些定力呢！野薑花的香氣從四面襲來，它距離我們只有一抬手的距離，我和依各採了一朵。那顏色白得很細緻，香氣很淡遠，枝幹卻顯得很樸茂。我們有何等的榮幸，能掬一握瑩白，抱一懷寧靜的清芬。

回來的路上，天漸漸熱了起來。回到庵中，午飯已經開出來了，筍湯鮮嫩得像果汁，四個人把一桌菜吃得精光。

下午睡足了起來看幾頁書，陽光很慵懶，流雲鬆鬆散散地浮著。我支頤長坐，為什麼它們美得這樣閒逸？這樣沒有目的？我慢慢地看了幾行傳記，又忍不住地望著前前後後擁合的青山。我後悔沒有帶幾本泰戈爾或是王摩詰的詩，否則坐在階前讀它們，豈不是等於念一本有插圖注解的冊子嗎？

我們仍然坐著，說了好些傻話。茅偷偷摸摸地掏出個小包，打開一看，竟是牛肉乾！我們就坐在對彌陀佛不遠的地方嚼了起來。依每吃一塊就驚然四顧，唯恐被發現。一路走向飯堂的時候，她還疑心那小尼姑聞到她口中的牛肉味呢。

晚飯後仍有幾分夕陽可看。慢慢地，藍天現出第一顆星。我們沿著昏黑的山徑徐行，因為當家師父過壽，大小尼姑都忙著搓湯圓去了。聽說要到十點才關門，我們也就放心前去。走到一處有石凳的地方，就歇下來看天。這是一個難得的星月皎潔的夜晚，月光如水，淹沒了層巒，淹沒了無邊的夜，明亮得教人不能置信。看那種揮霍的氣派，好像決心要在一夜之間把光明都拚盡似的。「我擔心明夜不再有月華了。」我喃喃地說，「不會有了，它亮得太過分。」

「不用過慮，」峙說，「只是山太高太接近月亮的緣故吧！」

真的，山或許是太高了，所以月光的箭鏃才能射得這麼準。

晚上回來，圓圓的月亮仍舊在窗框子裡，像是被法術定住了。我忍不住叫依和我一起看，漸漸地，月光模糊了、搖晃了、隱退了，只剩下一片清夢。

早晨起來，沿著花生田去爬山，居然也找到幾處沒有被題名的勝景。我們發現一個很好的觀望臺，可以俯視靈塔和附近的一帶松林。那松林本來就非常高，再加上那份昂然的意象，看來好像從山谷底下一直衝到山峰頂上去了。弄得好像不是我們在俯視它，倒是它在俯視我們了。風很猛，松樹的氣味也很濃烈。迎風長嘯，自覺豪情萬千。

「下次，」峙說，「我們再來找這個地方！」

「恐怕找不著了，」我一面說，一面留戀地大口呼吸著松香，「這樣的曲徑，只能夠偶然碰著，哪裡能夠輕易找到呢？」

真的，那路很難走——我們尋出來的時候就幾乎迷路。

到了庵中，收拾一下，就匆匆離去了。我們都是忙人，我們的閒暇不是偷來的，就是搶來的。

下山的階梯長長地伸延著，每一步都帶我走向更低下的位置。

我的心突然覺得悲楚起來，「為什麼我不能長遠歸家？為什麼我要住在一個陌生多市塵的大城裡？」群山糾結著，蒼色膠合著，沒有一聲回音。

在路旁不遠的地方，峙站著。很小心地用一張棉紙包一片很嫩的新葉，夾進書頁中，然後又緊緊地合上了。我聽見他在唱一首淒美的英文歌：「當有一天，我已年老不愛夢幻。有你，可資我懷念。當有一天，我已年老不愛夢幻。你的愛情，仍停留我心間。」

我慢慢地走下去，張開的心頁逐漸合攏了。裡面夾著的除了嫩葉的顏色以外，還有山的鬱綠、風的低鳴、水的弦柱、月的水銀，連同松竹的香氣，以及許多模模糊糊、虛虛實實的美。

那歡聲仍在風的餘韻中迴響著，我感到那本夾著許多記憶的書，已經被放置在雕花的架上了。啊，當我年老，當往事被塵封，它將仍在那裡，完整而新鮮，像我現在放進去的一樣。

——選自《地毯的那一端》

墜星

山的美在於它的重複，在於它是一種幾何級數，在於它是一種循環小數，在於它的百匝千遭，在於它永不甘休的環抱。

晚上，獨步山徑，兩側的山又黑又堅實，有如一錠古老的徽墨，而徽墨最渾凝的上方卻被一點灼然的光突破。

「星墜了！」我忽然一驚。

而那一夜並沒有星，我才發現那或者只是某一個人一盞燈；一盞燈？可能嗎？在那樣孤絕的高處？佇立許久，我仍弄不清那是一顆低墜的星或是一盞高懸的燈。而白天，我什麼也不見，只見雲來霧往，千壑生煙。但夜夜，它不瞬地亮著，令我迷惑。

——選自《曉風散文集》，摘錄於〈春俎〉

好豔麗的一塊土

好豔麗的一塊土！

沙土是檜木心的那種橙紅，乾淨、清爽，每一片土都用海浪鑲了邊——好寬好白的精工花邊，一座一座環起來足足有六十四個島，個個都上了陽光的釉，然後就把自己亮在藍天藍海之間（那種坦率得毫無城府的藍），像亮出一把得意而漂亮的牌。

我渴望它，已經很久了。

它的名字叫澎湖。

「到澎湖去玩嗎？」

「不是！」——我討厭那個「玩」字。

「去找靈感嗎？」

「不是！」——鬼才要找靈感。

「那麼去幹什麼？」

幹什麼？我沒有辦法解釋我要幹什麼，當我在東京撫摸皇苑中的老舊城門，我想的是居庸關。當我在午後盹意的風中聽密西西比，我想的是瀑布一般的黃河。血管中一旦有中國，你就永遠不安！

於是，去澎湖就成了一種必要。當濁浪正濁，我要把贓在水面上的淨土好好踩遍，不是去玩，是去朝山，是去謁水，是去每一吋屬於自己的土皋上獻我的心香。

於是，我就到了澎湖，在曉色中。

「停車，停車，」我叫了起來，「那是什麼花？」

「小野菊。」

我跳下車去，路，伸展在兩側的乾砂中，有樹、有草、有花生藤，綠意遮不住那些粗莽的太陽色的大地，可是那花卻把一切的荒涼壓住了——從來沒有看過這麼漂亮的野菊，真的是「怒放」，一大蓬一大蓬的，薄薄的橙紅花瓣顯然只有從那種豔麗的沙土才能提煉出來——澎湖什麼都是橙紅色的，哈密瓜和嘉寶瓜的肉瓤全是那種顏色。

濃濃的豔色握在手裡。車子切開風往前馳。

我想起兒子小的時候，路還走不穩，帶他去玩，他沒有物權觀念，老是要去摘花，我嚴加告誡，但是，後來他很不服氣地發現我在摘野花。我終於想起了一個解釋的辦法。

「人種的，不准摘。」我說，「上帝種的，可以摘。」

他以後逢花便問：

「這是上帝種的還是人種的？」

澎湖到處都是上帝種的花，汙染問題還沒有伸展到這塊漂亮乾淨的土上來，小野菊應該是縣花。另外，還有一種仙人掌花，嬌黃嬌黃的，也開得到處都是——能一下子看到那麼多野生的東西讓我幾乎眼濕。

應該做一套野花明信片的，我自己就至少找到了七八種花。大的、小的，盤地而生的，匍匐在岩縫裡的，紅的，白的，粉紫的，藍紫的……我忽然憂愁起來，它們在四季的海風裡不知美了幾千幾萬年了，但卻很可能在一夜之間消失，文明總是來得太蠻悍，太趕盡殺絕……

計程車司機姓許，廣東人，喜歡說話，太太在家養豬，他開車導遊，養著三個孩子——他顯然對自己的行業十分醉心。

「客人都喜歡我，因為我這個人實實在在。我每一個風景都熟，我每一個地方都帶人家去。」

我也幾乎立刻就喜歡他了，我一向喜歡善於「侃空」的村夫，熟知小掌故的野老，或者說「善蓋」的人，即使被唬得一愣一愣也在所不惜。

他的國語是廣東腔的，臺語卻又是國語腔的，他短小精悍，全身晒得紅紅亮亮，眼睛卻因此襯得特別黑而靈動。

他的用辭十分「文明」，他喜歡說：「不久的將來……」

反正整個澎湖在他嘴裡有數不清的「不久的將來……」。

他帶我到林投公園，吉星文上將的墓前：

「盧溝橋第一砲就是他打的呀，可是他不擺官架子，他還跟我玩過呢！」

他不厭其煩地告訴我「白沙鄉」所以得名是因為它的沙子是白的，不是黑的——他說得那麼自豪，好像那些沙子全是經他手漂白的一樣。

牛車經過，人經過，計程車經過，幾乎人人都跟他打招呼，他很得意：

「這裡大家都認得我——他們都坐過我的車呀！」

我真的很喜歡他了。

去看那棵老榕樹真是驚訝，一截當年難船上的小樹苗，被人撿起來，卻在異域盤根錯節地蔓延出幾十條根（事實上，看起來是幾十條樹幹），葉子一路綠下去，猛一看不像一棵樹，倒像一座森林。

樹並不好看，尤其每條根都用板子箍住，而且隔不多遠又有水泥梁柱撐著，看來太匠氣，遠不及臺南延平郡王祠裡的大榕軒昂自得，但令人生敬的是那份生機，榕樹幾乎就是樹中的漢民族——它簡直硬是可以把空氣都變成泥土，並且在其間扎根繁衍。

從一些正在拆除的舊房子看去，發現牆壁內層竟是海邊礁石。想像中魯恭王壞孔子壁，掘出那些典籍有多高興，一個異鄉客忽然發現一棟礁石暗牆也該有多高興。可惜澎湖的新房子不這樣蓋了，現在是灰色水泥牆加粉紅色水泥屋瓦，沒有什麼特色，但總比臺北街頭的馬賽克高尚——馬賽克把一幢幢的大廈別墅全弄得像大型廁所。

那種多孔多穴的礁石叫砧硓石，仍然有人用，不過只在田間使用了，澎湖風大，有一種摧盡生機的風叫「火燒風」，澎湖的農人便只好細心地用砧硓石圍成矮垣，把蔬菜圈在裡面種，有時甚至蒙上舊漁網，蒼黑色的砧硓石詰曲怪異，疊成牆看起來真像古堡，蔬菜就是碉堡中嬌柔的公主。

在一方一方的蔬菜碉堡間有一條一條的「砂牛」——砂牛就是黃牛，但我喜歡砂牛這個鄉人慣用的名字。

一路看砧硓石的菜園，想著自己屬於一個在風裡、砂裡以及最瘦的瘠地上和最無憑的大海裡都能生存下去的民族，不禁滿心鼓脹著欣悅，我心中一千次學孔丘憑車而軾的舊禮，我急於向許多事物致敬。

到鯨魚洞，才忽然發現矗然壁立的玄武岩有多美麗！大、硬、黑而驕傲。

鯨魚洞其實在退潮時只是一圈大穹門，相傳曾有鯨魚在漲潮時進入洞內，潮退了，牠死在那裡。

天暗著，灰褐色的海畫眉忽然唱起來，飛走，再唱，然後再飛，我不知道牠急著說些什麼。

站在被海水打落下來的大岩石上，海天一片黯淡的黛藍，是要下雨了，澎湖很久沒下雨，下一點最好。

「天黑下來了，」駕駛說，「看樣子那邊也要下雨了。」

那邊！

同載一片海雨欲來的天空，卻有這邊和那邊。

同弄一灣漲落不已的潮汐，卻有那邊和這邊。

煙水蒼茫，風雨欲來不來，陰霾在天，浪在遠近的岩岬上，剖開它歷歷然千百萬年未曾變色的心跡。

「那邊是真像也要下雨了。」我吶吶地回答。

天神，如果我能祈求什麼，我不作鯨魚不作洞，單作一片悲澀沉重的雲，將一身沛然捨為兩岸的雨。

在餐廳裡吃海鮮的時候，心情竟是虔誠的。

餐館的地是珍珠色貝殼混合的磨石子，院子裡鋪著珊瑚礁，牆柱和樓梯扶手也都是貝殼鑲的。

「我全家撿了三年哪！」他說。

其實房子的格局不好，談不上設計，所謂的「美術燈」也把貝殼柱子弄得很古怪，但仍然令人感動，感動於三年來全家經之營之的那份苦心，感動於他知道澎湖將會為人所愛的那份欣欣然的自信，感動於他們把貝殼幾乎當圖騰來崇敬的那份自尊。

「這塊空白並不是貝殼掉下來了，」他唯恐我發現一絲不完美，「是客人想拿回去做紀念，我就給了。」

如果是我，我要在珊瑚上種遍野菊，我要蓋一座貝殼形的餐廳，客人來時，我要吹響充滿潮音的海螺，我要將多刺的魔鬼魚的外殼注上蠟或魚油，在每一個黃昏點燃，我要以鯨魚的劍形的肋骨為桌腿，我要給每個客人一個充滿海草香味的軟墊，我要以漁網為桌巾，我要……

——反正也是胡思亂想——

龍蝦、海膽、塔形的螺、鮭魚都上來了。

說來好笑，我並不是為吃而吃的，我是為賭氣而吃的。

總是聽老一輩的說神話似的譚廚，說姑姑筵，說北平的東來順或上海的……連一只小湯包，他們也說得有如龍肝鳳膽，他們的結論是：「你們哪裡吃過好東西。」

似乎是好日子全被他們過完了，好東西全被他們吃光了。

但他們哪裡吃過龍蝦和海膽？他們哪裡知道新鮮的小卷和九孔？好的海鮮幾乎是不用廚師的。像一篇素材極美的文章，技巧竟成為多餘。

人有時多麼愚蠢，我們一直繫念著初戀，而把跟我們生活幾乎三十年之久的配偶忘了，臺澎金馬的美恐怕是我們大多數的人還沒有學會去擁抱的。

我願意有一天在太湖吃蟹，我願意有一天在貴州飲茅臺，我甚至願意到新疆去飲油茶，不是為吃，而是為去感覺中國的大地屬於我的感覺，但我一定要先學會虔誠地吃一隻龍蝦，不為別的，只為牠是海中——我家院宇——所收穫的作物，古代的秦始皇曾將愛意和尊敬封給一株在山中為他遮住驟雨的松樹，我怎能不愛我二十八年來生存在其上的一片土地，我怎能不愛這相關的一切。

跳上船去看海是第二天早晨的事。

船本來是漁船，現在卻變為遊覽船了。

正如好的海鮮不需要廚師，好的海景既不需要導遊也不需要文人的題詠，海就是海，空闊一片，最簡單最深沉的海。

坐在船頭，風高浪急，浪花和陽光一起朗朗地落在甲板上，一片明晃，船主很認真從事，每到一個小島就趕我們下去觀光——島很好，但是海更好，海好得讓人牽起鄉愁，我不是來看陸地的，我來看海，乾淨的海。我也許該到戶籍科去，把身分證上籍貫那一欄裡「江蘇」旁邊加一行字——「也可能是『海』。」

在什麼時候，我不知道，但我知道我一定曾經隸籍於海。

上了岸第一個小島叫桶盤，我到小坡上去看墳墓和房子，船主認真地執行他的任務——告訴我走錯了，他說應該去看那色彩鮮麗的廟，其實澎湖沒有一個村子沒有廟，我頭一天已經看了不少，一般而言澎湖的廟比臺灣的好，因為商業氣息少，但其實我更愛看的是小島上的民宅。

那些黯淡的，卑微的，與泥土同色系的小屋，漲潮時，是否有浪花來扣他們的窗扉，風起時，女人怎樣焦急地眺望。我曾讀《冰島漁夫》，我曾讀愛爾蘭辛約翰的《海上騎士》，但我更希望讀到的是匍匐在岩石間屬於中國漁民討海的故事。

其實，一間泥土色的民宅，是比一切的廟宇更其廟宇的，生於斯，長於斯，枕著濤聲，抱著海風的一間小屋，被陽光吻亮了又被歲月侵蝕而斑駁的一間小屋。採過珊瑚，捕過魚蝦，終而全家人一一被時間擄虜的一間小屋。歡樂而淒涼，豐富而貧窮，發生過萬事千事卻又似乎什麼都沒有發生的悠然意遠小屋——有什麼廟宇能跟你一樣廟宇？

繞過坡地上埋伏的野花，繞過小屋，我到了墳地，驚喜地看到屋墳交界處的一面碑，上面寫著「泰山石敢當止」，下面兩個小字是「風煞」（也不知道那碑是用來保護房子還是墳地，在這荒涼的小島上，生死好像忽然變得如此相關相連）。漢民族是一個怎樣的民族！不管在哪裡，他們永遠記得泰山，泰山，古帝王封禪其間的，孔子震撼於其上的，一座怎樣的山！

另有一個小島，叫風櫃，那名字簡直是詩，島上有風櫃洞，其實，像風櫃的何止是洞！整個島在海上，不也是一隻風櫃嗎，讓八方風雲來襲，我們只作一隻收拿風的風櫃。

航過一個個小島，終於回到馬公——那個大島。下午，半小時的飛機，我回到更大的島——臺灣。我忽然知道，世界上並沒有新大陸和舊大陸，所有的陸地都是島，或大或小的島，懸在淼淼煙波中，所有的島都要接受浪，但千年的浪只是浪，島仍是島。

像一座心，浮凸在昂然波湧的血中那樣漂亮，我會記得澎湖——好豔麗的一塊土！

——選自《步下紅毯之後》

遠程串門子——記尼泊爾之遊

楔子

把校好的書稿放在桌上，微一側首，陽臺右側的朝霞陡然間紅了上來，而且正不動聲色地繼續紅下去，都市裡朝霞當然不是什麼大不了的景觀，但是仍然教人驚奇錯愕，原來天已經亮了，原來我已被這本書搞了一整夜。三十萬字的選集校閱起來固然累，但累中有興奮，彷彿雙十節去看閱兵，見武器陳列成林，心裡說不盡的喜歡快要爆裂出來，覺得那些好東西全是自家的。

被工作弄得這麼累，去享受一番尼泊爾假期好像比較理直氣壯一點了。為什麼要去看別人的山川呢？是自己的山川不好看嗎？不是，正是因為自家的一切太好，有情的山河，有情的歲月，像我校閱的那本書的書名——《錦繡天地好文章》，一切是如此飽溢，如此完全。我覺得自己像古代閨中的女子，繡好一叢三春的牡丹，自己左看右看，觀之不足，結果竟放下針線自去隔壁看王家姊姊李家妹妹，想看她們繡了些什麼，相較之下有讚歎，有豔羨，也有一份偷偷的自得之情。

與其說是去觀光去旅遊，不如說是去「串門子」，串門子本是女人愛做的事，而這次同行的遊伴九個人中竟有七個女人，（其中有一個帶了丈夫，另外還有一位退了休的顏先生，大家叫他「阿伯」，竟有點忘了他是異性，旅行社還派一位男士導遊護駕，湊成十個。）五千年來大約從來沒有一隊中國女人這樣快樂這樣瘋癲，這樣拿著自己賺的錢猛然一擲花在西行的路上。如果人間的千年只是宇宙中的一瞬，我們應該還可以看見一本正經的玄奘正穿著一襲袈裟，手執大唐的護照往大漠走去，我們應該可以聽到絲路上駝鈴叮噹，駝著五彩的絲綢和茶葉一逕入天涯。

天亮了，為了陪我熬夜終宵在陽臺竹榻上和衣而臥的丈夫也醒了。小花圃裡的「日日春」紅聳聳地錯成一片，非常的不個人主義，這種花簡直像武俠小說裡五行八卦或七星北斗排位的陣式，單獨一株不怎麼樣，合起來看真是攻之不破的「美的壁壘」，看久了，不免目醉神搖。小小的松葉牡丹正含著苞，這唯太陽是從的小情人，太陽不正式升上來，它是怎麼也不肯露臉的。

這一切如此之好。

「我懷疑我會長壽。」我回頭對丈夫說。

「唔——」

「有兩個詞牌名，我一向很喜歡，一個叫『惜花春早起』，一個叫『愛月夜眠遲』，我覺得說的好像就是我。我老是捨不得，老是捨不得，只覺得萬事萬物都好，好得不得了，日日是好日，時時是好時，叫我去睡覺我是不甘心的，以此類推，叫我去長眠，我大概也是不同意的。」

丈夫一笑，他知道我是慣說瘋話慣做瘋事的。

我有時想去弄塊木頭或石頭，上面刻著「一生玩不夠」五個大字。人生應作大玩家，玩電動玩具、玩麻將、玩股票、玩吃、玩喝、玩政治、玩名、玩利都是小玩，唯有玩山玩水，邀李杜而友孔孟，同遊於經史子集，同感於泰山之矗立，同喟於逝水之不止，乃至大難來時，革命創制，出民水火，寄頭顱於肩上，擠肝腦於一諾，（所謂「殺頭好比風吹帽，敢在世上逞英豪」是也。）斯為大玩。但轉而想想，金石家每每刻個什麼齋什麼樓什麼軒，其實何嘗真有什麼房地契，只不過把雕牆畫棟憑想像搬到一塊小章子上去罷了。我乾脆也憑想像省此一道手續，連章也不用刻了，自己知道自己「一生玩不夠」就成了。何況石頭和好作手難求，要刻那麼一個章也要好幾萬吧？不如省下錢來抽空再找個地方去玩玩實惠。

如今那方圖章是刻在我心臟上，它每跳動一下，就打下一記戳記——「一生玩不夠」。

●

一下飛機，大夥兒不僅心情雀躍，而且真的高興得跳起來——這乾爽晴朗，四山送青的地方就是尼泊爾了。

機場很簡單，卻不見寒傖，因為遠處自有一列壯麗的山相護衛——其實不是一列山而是半列，因為有一半在雲裡天裡，讓人看著看著就呆了。彷彿山正歉然地說：「最近我在整飾山巔部分，只留下山根部分供你洗目供你動心。每年我們要把山頭交給天空去染翠，交給白雲去拂拭，並且讓疾風重新雕鏤，讓神明再按手祝福，然後，我才能再擇吉開張……」

旅館的名字叫香格里拉，紅磚高牆上爬滿了藍紫色的牽牛，有種空庭深鎖的寂寂然的意味，屋舍的瓦楞意外地竟有些西班牙風味。

學會了一句印度話：「拉瑪斯泰」，那是「早安」「午安」「晚安」「謝謝」「你好」「再見」，反正一切人類的問安無不包括在裡面，倒也簡單。說的時候，雙手合十，放在鼻下，則尤為恭敬。在以後十四天的旅程裡居然靠這句話贏得到處的友誼和微笑。原來人和人之間的善意表達起來竟是如此簡易，那些多出來的語言和文法真不知要它何用。

前赴四眼神廟，說廟，是中國人的講法，印度話裡卻叫「斯丟巴」（Stupa），這種建築物或作圓筒形，或作方錐形，從四面八方每個角度看都是一樣的，最特殊之處在於它是實心的，完全不能住人。中國的大雄寶殿習慣上作扁形設計，看來氣象恢宏，泰國廟是直進式的，靠飛簷來取巧（簡直像泰國舞裡善翹的指尖），復靠貼上金碧兩色的玻璃片炫人眼目。印度和尼泊爾的「斯丟巴」純粹為了崇拜而設，中國故事裡的落第士子住進古廟的情節是不可能發生的了。

四眼神廟更準確一點說應該是八眼神廟，因為四周方錐形的上端各畫一雙眼睛，代表臨視四方無所不在的神明，眼下有迴形紋，像鼻子，也像問號，導遊卻說代表「通往永恆之路」。此廟下半部作圓墓形，上半部作方錐形，象徵天圓地方，倒是與中國想法很一致。

四眼神廟因為是世上最古最大的一座「斯丟巴」，而且廟又座落在「猴山」上，另有一番趣味，差不多是觀光客必到之地，可是我自己印象最深的卻是伏在遊覽車上看到路邊的一隊殯葬行列。當日車過處，塵土飛揚，下午的淡陽照著灰色的浮灰，煙塵中兩個人一前一後挑著一枝竹竿走來，竹竿上簡單地垂著一個白布裹纏的人形，看來覺得頭部異常乾小，竹竿上方鬆鬆地搭著一塊橘黃色的布，人死竟是可以這樣簡單省事的。他們一行和我們的車子交錯而過，我急急回過頭去，用目光再追送他一程。這人是誰呢？是如何的因緣使我們如此擦肩而過？他剛結束他的尼泊爾之旅，而我卻正好趕來開始我的。我們將有緣共親一塊土地，他在土壤之下，我在地殼之上，我代昨日的他仰視藍天，他代明日的我親吻土地，如此一錯踵間，我們竟不再是陌路。回顧同車遊伴，或叫或笑或歌或盹，其間因緣聚合又當如何珍惜！

●

舊說尼泊爾一帶是大湖，遍生荷花，四面的山像盆沿一樣圈著它。後來得神明之力，猛然一刀切下，（是國畫裡所謂的「大斧劈」嗎？或是中國成語裡所謂的「鬼斧神工」？）切出一道缺口，眾水立刻決如龍奔，湖底遂成良田。我們站在如削的絕壁上，俯視至今猶沿著切口急奔的尼泊爾聖河，只覺億萬年前的荷香彷彿在臂，那山谷微凹而側，脈絡縷縷，依稀是當年的田田荷葉。

●

去參觀藏人織地毯，是第二天的下午，正愉快地蹲在地下學人用兩把大鐵刷反方交錯梳羊毛，猛一抬頭只見一張大大的黑白照用鏡框框著掛在房間盡頭的牆上。我跑過去看，只見一條白絲的哈達（哈達即絲巾或披肩，蒙古人、西藏人每以示禮物、祝福之意）柔柔地搭在鏡框上方，兩端分從左右垂下。面前還供著小小一缽花，那人原來是他們的宗教領袖達賴喇嘛。身後梳羊毛的婦人一一低聲唱起藏語的歌，那聲音像群山間單調的吆喚，低迴處卻顯得鬱勃而悲哀。我望著多年流落印度的達賴，他正無奈地隔著鏡框玻璃看那些藏胞，拉薩古城何在？糌粑何在？奶茶何在？一屋子流離的難民在梳著羊毛，編織別人客廳裡的地毯，毯子將銷往美國，毯子將銷往歐洲，溫馨恬適永遠是別人的，他們卻一直沒有找到一個可以放下一張地毯的名叫「家鄉」的地方。可是，他們也許已經算是幸運的，因為他們總算逃得早。目前，尼泊爾政府和香港政府一樣，早已不肯接納藏胞了。

我後來發現達賴喇嘛的照片在每個工作間裡都有，連售貨室裡也有，可見他仍是被崇拜被信任被深愛的，他不肯回去，那些早期逃出的子民也不回去，只是，那些隨口哼來的歌裡為什麼有那麼多的鄉愁呢？

●

我開始漸漸了解我為什麼那樣魂思夢想地渴望一赴尼泊爾了，只為它是我少年時每畫中國地圖，畫完了邊陲必然附加的一個名字吧？只為我不能親去西藏，便隔山悵望，藉此了一了所謂「見舅如見娘」的痴願吧？

●

慕蓉一個人在後座流淚，她是蒙古人，這裡離她的故土更近，有一天她在店裡看見一隻銀碗，忍不住叫起來：「從前我祖父就是用這種一模一樣的碗吃飯的啊！」她又在攤子上看一隻鐲子，鐲子上刻著禱文，小販為了討好她，把那句話唸給她聽：「洪——瑪——尼——尼——蒂——瑪——洪」她忽然忍不住淚水奪眶，那正是她小時候常聽外婆唸誦的一句話，意思是：「蓮座上的佛啊！」

我們究竟是來幹什麼的？是來玩、來快樂的嗎？是的，但也是來悲傷的。我們是來飛躍昂揚的，卻也是來憤鬱沉潛的。

●

第三天去看喜馬拉雅，早晨看日出，下午去另一個山頭看日落。百年是不可期的，人生不過是三萬五千天左右罷了，這其間竟有一天是早也看山晚也看山，終日以山為事的，這份幸福也就夠令自己心滿意足的了。

玄奘所寫的《大唐西域記》有這樣一段話：

蘇迷盧山，唐言妙高山，舊曰須彌，又曰須彌婁，皆訛略也。

《釋氏要覽》裡也說：

四州地心即須彌山，梵音正云：蘇迷盧，此名妙高，此山有八山遶外，有大鐵圍山，周迴圍繞，並一日月晝夜回轉照四天下。

其中所謂的須彌山或蘇迷盧山，據李霖燦教授云就是喜馬拉雅山。不過當然從宗教語言來說，須彌山就是須彌山，不須指某座山，它自有它的象徵意義。唯此刻對著喜馬拉雅想一想須彌，感覺也不錯。只是一想起須彌山，記憶就熱鬧起來了，《西遊記》裡黃風怪將三藏擄去黃風嶺上，孫悟空兩眼吃它一陣怪風吹得酸疼，好在他得人指點，到須彌山上去找靈吉菩薩借「定風丹」和「飛龍寶杖」。

孫大聖跳在空中，縱觔斗雲，徑往直南上去，果然速快，他點頭經過三千里，扭腰八百有餘程。須臾，見一座高山，中間有祥雲出現，瑞靄紛紛，山凹裡……

而今，我們一行站在喜馬拉雅或須彌山前，不見定風丹，不見飛龍寶杖，只有冷冷的橫霧相對。

當年的「一根飛龍寶杖丟將下來……卻是一條八爪金龍，撥喇的輪開兩爪，一把抓住妖精，提著頭，三兩摔，摔在山石崖邊，現了本相，卻是一個黃毛貂鼠……」

雲霧漸散，沒有韓愈開衡山之雲的妙筆，但雲卻自己開了，我們一行對山而坐，在一家小小的「那甘柔客棧」（Nagarot guest house）門口，咖啡極難喝，不過取其暖意罷了。山裡又濕又冷，但雲霧乍然揭紗的剎那大家忍不住高聲歡呼起來，看見喜馬拉雅了！看見喜馬拉雅了！

喜馬拉雅，蘇迷盧，如此乾淨如此宛然，坐下來跟山對看，山竟是這般無嗔無欲的，一點也不戲劇化，彷彿開天闢地以來它本該在那裡的。尼泊爾看山並不稀奇，它的邊境百分之九十依在喜馬拉雅的手臂裡。

想一山之隔，山的那一方是雅魯藏布流翠的西藏，接下去依次是千湖炫碧如孔雀開屏的青海，然後是全國的中心甘肅，是有著長安和咸陽一雙古城的陝西，以及故事裡有包公坐鎮政清如水的開封府的河南，然後是江蘇，以及我那項羽住過，白居易住過，蘇東坡住過的徐州古城，我的故鄉。然後是海，盛產神仙的東海。

一山相隔，山外有多綿長的一條路，有多悠長的一個故事，一段五千年的密密實實的起伏情節。而我，為什麼偏偏站在這一面看山？

山頭多雲，雨必有一日要回歸為水，水將凝成雪，如果我是雪，我將飄向哪一方呢？去噶達素齊老峰縱身為黃河，一路沿古星宿海，循長城經賀蘭山，轉河套，穿壺口、龍門，直竄渤海呢？抑是沿巴顏喀喇一路穩穩地淌過鶯飛草長雜花生樹的三月江南，作為長江呢？抑是沿雪山而下，流為西方世界神聖的恆河？

故事中的祥雲仍在，只是須彌山上的定風丹和飛龍寶杖何在？世方大劫，雲頭裡怎不見那根寶杖所化的八爪金龍來捉妖？萬方多難，我們去哪一撥雲裡去索一顆定風丹揣在懷裡？

爬山是不可能的，爬那種絕壁凌峰必須有專家的身手。風景照片裡的雪岩冰峭只能遠觀不能近狎，人越大，越了解生命無可避免的總要留下幾分遺憾，不能爬山且看山吧！有人呼山來即我，有人以身去即山，但面對喜馬拉雅的莊嚴華燦，卻既不敢叫山來，也無力就山去，想來也只有這樣手持一杯熱飲相對默然了。坐久後，自有一種契合，許多年前曾去學畫兩筆山水，畫著畫著就不耐煩了，倒是記得自己有次給畫面題的句子：「買山無一計，照眼有餘青。」買山爬山無非是一種可愛的多事，真正的絕高之山是既不能買，也不輕許人爬的，它是給人去心領神會的。世間如仍有面壁參禪之事，則唯有山脈的青壁可以啟人既流動又恆定的智慧。

登山史上總記載一九五三年「英國人艾德蒙．希拉瑞（Edmund Hillary）登上埃佛勒斯絕頂」，而事實上，更應該記的是「藏胞登增諾蓋（Tanzing Norgay）爬上珠穆朗瑪峰」。（一八五二年以前，藏胞一直這樣叫這座聖峰，一八五二年卻忽然跑出一個叫埃佛勒斯的英國測量師來「發現」它。）兩人做的是同一件事，不過藏胞和英國人一起上山，誰是真正的高山之子？誰能指導誰爬山當然是不言而喻的，登增先生曾這樣表示：

「在人類歷史上，我是第一個登上聖山的人，這是上天的宏旨，我只有心存感激。雖然印度政府承認我為印度人，並為我在大吉嶺建紀念館，又送大片的土地與我；尼泊爾政府又說我是尼泊爾人。不管怎麼說，我還是希望在有生之年，能看到西藏的同胞為我在西藏建紀念館，並以我為榮，因為我體內流的是西藏人的血液。」

不管有多少人身抵絕峰，我仍然只承認第一個上去的是我藏人同胞。

●

但坐著坐著，一番乍然欣喜之餘，有時又不免乍然而悲，悲的是我怕我仍會忘記。縱有照片、幻燈、明信片和新買的草織提包以及客棧老闆自製的竹鼓在手，但仍然不覺得可以挽得住此際的感覺。我想我終會忘記這小小低矮的茶棚，棚下嘻笑的小孩，小孩手裡黃色的野菊，偶然相逢的騎摩托車來看山的德國男孩，坡地上的雞和狗，花和草，以及遠方的亦明亦晦，亦晴亦陰，亦剛亦柔於我卻亦熟悉亦陌生的喜馬拉雅。

也許正像古人的結繩記事，將來檢視記憶，只能看到大大的一個「結子」。（也許會結成青綠色的結子吧！）只知道在生命裡的某一個清晨有我極重要的「看山事件」，但那種種細膩的感受，我此刻尚且又驚又喜欲哭欲笑地說不清，遑論未來。

●

下了兩千多公尺高的「觀山點」，回到加德滿都城裡吃了些人間煙火，本地人不吃牛肉，牛排極便宜，飯館一給就是十二兩一塊的大牛排。

●

天氣陰濛，下午的觀山活動許多人不肯再去，只剩我跟「阿伯」兩人又去趕落日。車子如行旋梯，一層層往高處爬，每過一帶山泉，山就更深一層，走著走著竟不見了山，這才知道凝重如君子的峰巒偶爾也有頑皮如小童的時候，他們相競閃躲在雲霧裡，竟玩起躲迷藏的遊戲來了，一時間只覺滿車都是白氤氳的煙氣。憑窗望去，千山萬木，都等著我去捉他們，我也不理，逕自看我的雲霧，只見有些經驗不足的山躲得不夠好，不是露腳露手，就是露鼻露髮，明眼人一眼就看出來了，忍不住嘿嘿暗笑。

到了卡卡尼山頭，果然不出所料，既無落日，也無山頭，只見密遮遮一片灰白。看不到山，是一路上心理上早就準備好的，不見也罷，反正我知道它在那裡，它也知道我在這裡，就好了。人生許多事，也只能如此只許如此吧？見山的果見到山了嗎？不見山的果然未見嗎？痴望著那片濃雲密霧，想像山的真容，此刻境界已近乎宗教。你承認它信仰它，它與你脈息相通，聲氣相求——你卻並沒有看見它或摸到它。

「你們來的不是季節。」導遊歉然地說。

怎能說不是季節呢？沒趕上「旱季」卻也趕上了「雨季」啊，雨季難道不是季嗎？何況名山勝水，怎容人在一天之內窮其奧妙？西湖十景裡誰有本領同時看到「平湖秋月」和「蘇堤春曉」呢？「斷橋殘雪」和「曲院風荷」也至少要去兩次才看得到吧！我今不織而衣，不耕而食，且又御風來遊，比古人所羨慕的「腰纏十萬貫，騎鶴下揚州」更自在，天地之厚我如此，怎麼再怪雲霧不為我散？怎敢再怪落日不為我燃？

肩上是尼泊爾人手織的披肩，眉間是風雨，我堅持著把看不見的喜馬拉雅山和未現身的落日看了個飽。

車子回程，天愈暮，雲愈濃，想雲和海必焉有其互為輪迴的關係吧？雲起時可以歸聚成海，海激處，也可以騰衝為雲。

●

尼泊爾山間慣見一種土磚蓋成的小屋，親切引人，彷彿是植物，是從土壤裡剛長出來的。

「你們看到那一棟房子嗎？」我跟遊伴們說：「如果有一天，你們在臺北發現我忽然失蹤了，到這裡來找我準沒錯。」

「你隔壁那一棟是我的！」同伴說：「你可以到我家來吃我做的蔥油餅。」當然只是旅行人的瘋話，卻也自覺有幾分認真，我們究竟愛上了什麼？是那些無欺的臉嗎？是黑眉大眼漂亮的孩子嗎？是稻浪和群羊俯首吃草的牧野嗎？是如攢如聚的疊山架嶂嗎？是市場上有人擔著叫賣的美麗的大大小小的陶缸嗎？是到處開得黃澄澄的萬壽菊嗎？還是僅僅愛上了我們自己的一段愛？

再見，那幾乎有些兒童趣味的舞蹈，那些驅魔舞、孔雀舞和面具舞。再見，被當作處女之神來崇拜的七歲的女活神，希望你快快長大，把這令人羨慕的職位卸給另一個小女孩。再見，那棟不可思議的由「一棟樹蓋成的」，供當年朝香客憩息的廟宇。再見，巴丹鎮上從龍首形的通水管裡竄出來的泉水。再見，那些頭上長滿了青草而益形美麗的廟宇。再見，那些老把我們看成日本人的小孩子。再見，那個纏著我要我買乳酪給他吃的小小朋友（下一次我去的時候該你買給我吃了）。再見，巴替崗鎮上五疊塔形的財富之廟（塔下另有五階），願故事中那五種守衛永保神力，願第一階的石雕大力士守衛常保他二十倍於常人的膂力，而他身後第二階梯上的大象，願牠永遠保有二十倍於大力士的神力，（依次排下去，真是對我數學能力的一項考驗，象後復有鷹頭獅身獸和女神，每層守衛累增二十倍的威力，到第五層的天將已具三百二十萬「人力」了，財富之神的廟，宜乎守備如此森嚴；不過另外一說是每層累增十倍。）願每一層守衛都各盡職守，善持天財。再見，願加德滿都市集上的萬千鴿子群無恙。再見，那些曾使我們覺得天地雖大，卻無所逃於其糾纏的小販，我夢裡都會記得：「馬當（女士）馬當，我給你好價錢……」的口訣。再見，街上漂亮的軍人（希望子彈能懂風情，不要傷了那麼富魅力的眼睛）。再見，那山徑上看來挺有福氣的喜馬拉雅山種的大耳垂垂的羊。再見，旅館中學會中文「謝謝」的侍者。再見，我曾胡說八道認為將來會屬於我的小土屋……

再見，再見，「拉瑪斯泰！」

我們會再來串門子，像中國人分手時喜歡說的那句話：

「再過來坐坐啊！」

模糊的激情裡，尼泊爾，千荷的故鄉啊，說不分明我們愛上了什麼，但至少，我們愛上了我們的一段慎重的愛。

——選自《再生緣》

交會

印度人的說法：一切河流交會之處，都是神聖的。

楔子

八月底，在尼泊爾，因為是「雨季」，所以附帶也是「雲季」，大部分的高山只剩半截，我們只能看到雲氣呵護下的山根的那一半。但此刻飛機一騰空，我們高興得尖叫，像玩拼圖遊戲的小孩，剩下的這一半被我們在雲的上面找到了。

一路憑窗貪看山景，心中了然，只覺前幾日讀的山景算是下卷，現在跟上卷一湊，整個情節立刻一清二楚了。

此行往印度，捨山而觀水，應當另有一番驚動。

一下飛機，一捲熱浪撲上，錯不了的，這就是瓦拉那西城，這就是印度了。

生平是個循規蹈矩的人，所以忽然決定盛暑赴印度，在親朋間不免引起小小的騷動。

「八月去印度，豈不熱死？」

其實八九月間，在印度已算秋天了，這段期間最可怕的不是熱，而是雨，旅行的人會不會被雨所困？就要賭一賭運氣了。至於熱，玄奘當年受得了的，七億五千萬印度人受得了的，為什麼我偏偏就嬌貴一點？這麼熱的地方，《吠陀經》和《奧義書》還不是照樣寫出來了？這種溫度並沒有把釋迦牟尼的智慧靈明熱得融化掉了，也沒有把泰戈爾的詩才銷毀。我在自家熱帶島上好端端地住了三十年，現在早拿定主意不怕任何熱了。

沒有下雨。

而且，發現大家都能抵得住熱。

旅館是老式的那種，拜潮熱之賜，厚地毯有一股怪味，好在草坪很大，藤椅也很舒服，一本《奧義書》放在膝上，那本書我在臺北雖也翻翻讀讀，總不如此刻剴切，眼前的垂垂綠蔭，一一彷彿注釋，使人明瞭易懂。其中有一段跟《道德經》的首段論道的話倒可互相參證：

它，不是語言之所能言——是語言因之而言
不是心之所能思——是心因之而思
不是眼之所能見——是眼因之而見
……

論生死，此書也說得空靈剔透：

有如一條蚇蠖，到達一張葉子的末梢後又自另一張葉子挪移過去——自我，也這樣擺脫肉體，離卻無智，向另一世界遷徙過去。

夕陽在樹，恆河在兩公里外兀自流著，智慧的貝葉在手上，觀光客在游泳池裡沉浮，瑜伽老師在到處遊說拉學生，賣沙利（印度女人穿的長達十幾碼的裹身衣料）的老闆正熱心地示範，食物在餐廳裡忙碌地烹製，養蛇的老人在引誘大家出錢看「貓鼬大戰眼鏡蛇」，印度是什麼呢？這天竺古國，這奇怪的，被中國稱作「西方」而又被歐人稱為「東方」的土地，一張鈔票除了用「興都」語注明幣值以外，竟然另外還需要加上「孟加拉」、「瑪魯瓦蒂」、「瑪里亞蘭」、「烏都」……等十三種語言（加上「興都」語，共計十四種），而這十四種並不代表全數文字，據云印度種族大約三百五十種，單單要讓這樣離心離德的三百多種種族吃飽已經不是易事了，何況人吃飽了總是還有其他的事，當然，吃不飽又有更多的事。

想想這樣一座城也真替他發愁，十萬座廟的城，以濕婆為守護神的城，二千六百年前就文物鼎盛的城，一年三百六十五天裡它倒有四百多個節日的城，（一方面因為神多，一方面因為種族多，所以經常一天要慶祝好幾個節。）這到底是個怎樣的地方？

●

「喂，你們是從臺灣來的嗎？」一個瘦黑鬈髮的印度男孩跑過來。

一路上老被人當日本人，等你一開口聲明是中國人，又怕他們恨我們（印度人普遍恨中國，因為十年前打過仗），解釋成臺灣又老被誤聽成「泰蘭」（泰國）。但不解釋又不甘心作日本人，真煩，此刻居然有人口操國語，前來問候，真不勝驚喜。

「你怎麼會說中國話？」

「我在尼赫魯大學主修中文，我叫馬維亞，在飛機上聽你們說中國話，我就猜到了！」

他雖讀了中文，在印度也用不上，只好又學了西班牙文，作起西班牙文導遊來，這兩天他被一個委內瑞拉家庭僱用，那家人個個長得圓胖，卻冷著臉毫無笑容，大概是戶有錢人。馬維亞茹素，跟我們坐一桌，談得很起勁。

●

去恆河，是凌晨五點鐘的事，因為要趕著看日出，看印度教徒如何對著旭日晨浴，只好絕早起來。

恆河照梵文應稱殑伽河（Ganga），因為它是經殑伽女神導引下來的。恆河的神話極委婉，恆河原來的流域是梵天界的梅爾山頂，因為拗不過下界苦修者拜基拉達的真心，於是一流流到濕婆神的頭髮上，打算順著頭髮再流到天竺國，但濕婆的頭髮太濃密只好分做七股流下來，而殑伽女神成為順著頭髮順著水滑到人間的一個神。

這天早晨，我們來到岸邊的時候，恆河早已舉行過百萬次以上的日出典儀了，如果把三千年來每日前來恆河的人次算上，更是不可思議。對我而言，這恆河也算聖河，只因它發源自喜馬拉雅，而中國既擁有半座喜馬拉雅，這條河於中國也幾乎有「半子」之親。我們僱了一條船，為了防汙染，這裡的船都是小木舟，先往南行，再折北上。剛上船，只見旭日從灰雲裡豔射而出，亦光華亦幽晦，與「晴空萬里」的單純相較，別是一番意趣。城在河西，全城的人都可以站在一階一階的岸上一面沐浴，一面看河東的日出。岸上的人群令人目不暇給，許多人正用一種白色小樹枝當牙刷漱口（這種漱口棒阿拉伯人也用），用法是把末梢部分用力一壓，使之散成纖維，就可用了。令人吃驚的是，有人用河泥當牙粉在洗牙齒。岸上還有人在為人剃髮，剃髮頗有講究，因為印度人相信人身如廟堂，人的頭頂心那塊部位就等於廟尖，所以那塊頭髮必須保留，叫它做「通往天堂之路」。又有人在賣花，花放在葉片上，紙盤式的小油燈放在花上，然後放在河裡，任之逐波而去，算是一種許願。還有人在祈禱，有人在靜坐，有人在驚險萬狀地扯下圍身布（雖然使人無所迴避，但他們多半有本領使自己不致被窺及全裸），有人在等待布施，有人分明是湊熱鬧的嬉皮，在追求神祕的東方經驗。有人一臉虔誠，涉到河深處，打一點聖水回家，據說可以供祈禱或為臨終病人抹點在雙腳和嘴唇上用。作父母的也每帶孩子前來，一位父親把一罐子水猛然淋在兒子頭上，小傢伙被水一淋又是驚又是叫，又是怕又是愛，小腳板樂得直蹦直跳，全世界的小孩淋水時都是一樣的國際表情，看來無限親切。但兩百公尺以外的下游，卻有一棟「待死樓」，有些老人靜靜地等在那裡，那是他們晚年最大的心願，死在恆河邊，委身恆河水。

怎麼會有這樣一條河！

火葬工作雖是個賺錢的行業（印度的死亡率高），卻限於最下等的人才可以做，下等人是第五等人，也就是「不可碰類」，這位火葬場主人地位雖賤，錢卻不少，每天總有兩百個死人送來。主人臨河蓋了別墅，門口特意塑了一隻黃斑大老虎，尾巴翹得老高，有份自鳴得意的樣子，卻又讓人覺得有些什麼補償心態。船行到火葬場下便算走完全程，大家正危顫顫地等著泊岸，只聽嘩啦一聲，塵沙飛揚，從火葬場的矮牆裡倒出一大堆黑渣渣的東西，可不正是屍灰和木炭嗎？同伴中膽小的早已嚇得魂飛魄散，及至捨船上岸，又見一個小孩被白布裹著，放在地下，平常屍體焚燒之前都用竹擔架送入河水浸濕，算是最後一次櫛沐。

「火葬場裡女人不准來。」印度導遊說。

「為什麼？」雖然火葬場不是什麼好地方，女孩子聽了還是不服氣。

「不能讓她們來呀！她們一看到火，就會哭著跳進火裡去啦！」

古代印度女子在戰爭期間曾有殉葬之風，印度有一個字Suttee即專指跳入火中殉夫的女人，後來到和平期間竟仍相沿成風，相當殘忍。回教聖君阿克拜早已懸令禁止，英殖民地時代再申前令，如今女人跳火，不過十目所視，做個樣子，她何嘗想死？女人真想死，你關她在家也攔不住的。

這種事，身為女人，我相信自知得比導遊多。

「小孩子不用焚燒了，」印度導遊走過橫放在岸邊石階上的死孩子，漠然地說：「聖人也不用。」

「為什麼？而且，你怎麼知道他聖不聖？」

「苦修的人就是聖人，這兩種人都是純潔的，所以不必燒，直接放到河中間水深的地方就行了。」

「那多髒呀！」

「人的身體一點用也沒有，如果死了可以餵魚，也算是一件好事，我們印度人是這樣想的。」

所謂髒與不髒，實在很難說得清，我們嫌恆河藏汙納垢，而文明世界的工業汙染才真把河川髒得更厲害呢！

回到住處，伴我們來的旅行社的于先生請教旅館經理：

「我們今天早晨看到恆河邊上有個小孩屍體，他的父親纏裹他，怎麼臉上一點悲傷都沒有？」

得到的答案竟是：

「他媽媽在家會哭的呀！哭得死去活來！」

在印度問話常常會得到出人意料的答案。

●

由於當天早上印度導遊急著帶我們去買紀念品，（那大概是他們很重要的權益吧？）我意猶未足，第二天又起個絕早，搭另外一隊日本團的便車和船再去一次，打算好好看看火葬場。火葬場雖說不准女人走近，指的是死了親人的印度女人，像我們這種沒有跳火危險的女人是不在禁止之列的。火葬場工人對我們很客氣，讓我們站在很有利的位置上觀看，不過照相是嚴禁的。由於瓦拉那西是個古城（在孔子時期，此城已經頗具規模了），一切設備都沿舊制，火葬場仍是露天式的，矮牆圍成的大約二十公尺見方的一塊土上，橫七豎八地架上一垛垛的木樁，每垛木樁上各架著剛開始燒的，燒了一半的，或快燒好的死人。

「一個人要燒多久？」

「大概四、五個小時。」

一個人要花二十年才弄得到一個博士，要花好幾年去戀愛（包括失敗的），才找得到一個配偶（而搞不好，對方仍會中途脫逃）。要十月懷胎才能得一個孩子，要分期付款十五年才買得下一棟房子。只是一旦兩腿一伸，只要四、五個小時，（電力的還不需這麼長的時間）就可以輕者化煙，濁者成塵了……

也許是心理作用，只覺火葬場上烟霧騰天。

一個人，如果一生之中可以認定一條河去飲於其中，沐於其中，生於其中，死於其中，不管別人怎樣看他，思想起來仍是一件令人眼濕的情感。

那些死者不但死了不會說話，即使活著，由於教育不普及，恐怕也未必是能文能語的人。但此刻，當他們肉體正畢畢剝剝一縷一縷化為齏粉的剎那，我仍能感到他們對恆河的痴愛，那樣的無言之言，把什麼都說清楚了。使我驀然生敬的與其說是恆河，不如說是印度人愛恆河的那份愛和依戀。

瓦拉那西是因瓦拉和那西兩條河交會而得名，印度人一向認為凡是兩河交會點一定是聖地，瓦拉那西因此一向被視為聖城。兩河交會有何聖處，我不知道，但每當另一個思想另一種態度觸動我，與我若有所接若有所會之際，我總竦然驚起，恭恭敬敬地接受這種心交神會。心思靈明的交會也是聖的——我想。

●

到瓦拉那西的人當然也都會去看鹿野苑，鹿野苑是釋迦最初說法的地方，中間沒落三百年後，藉孔雀王朝阿育王政治的力量而重行整頓。此人之於佛教，一如羅馬的君士坦丁大帝之於基督教（君士坦丁去耶穌亦同為三百年），漢武帝之於儒教。三個人都是雄才大略，善於用兵。但大才華、大功業也每每帶來大寂寞和大疑惑。阿育王在屍骨堆如丘山、血流匯成溝渠之餘確立了他的帝國，卻感到可怕的空虛和罪疚，一時之間竟變成釋氏的信徒。大凡古來大徹大悟的人總不會是《孽海記》裡的糊里糊塗自幼入庵的「色空尼姑」（無怪她到後來要「思凡」了），相反的，每每是嗜食狗肉的魯智深、風流俊俏的柳湘蓮反而更能看破。阿育王先前的暴虐和後來的仁德令人簡直不能相信，他不但愛民如子，善待鄰邦，提倡法治，而且，居然還設立了獸醫院。阿育王當年自己登壇說法，全盛時期有一千五百個和尚……，但這一切現在多半已成斷垣殘壁，十一世紀回教一度入侵，印度教和佛教損失慘重，廟宇被毀，神佛每遭斬頭去臂（不但泥菩薩不能自保，石頭菩薩也不能自保）。某些地方，如菩提伽耶，當時有人硬是用泥封的方法把它整個聖蹟掩蓋起來，後來英國人又根據玄奘的《大唐西域記》重新把這些遺址一一挖出來。

我雖然既不信佛教也不信印度教，但兩相比較總覺佛教可親些，溫和些，純淨些。印度教則不免顯得繁瑣魅異。鹿野苑算是印度境內少數佛教風格的景觀，其中綠草平軟，開闊明朗，「阿育王樹」長得像一把規矩的傘，梭形的樹葉一一成九十度垂向地面。樹葉邊緣微縐，像淺淺的荷葉褶。

「你們看那棵菩提樹很有名，它是第三代呢！」印度導遊說。

「第三代？那，它的祖父在哪裡？」

「在佛陀伽耶，就是釋迦牟尼當年悟道的時候坐在底下的那一棵呀！」他對我們的無知幾乎有點驚奇：「那裡叫菩提樹、金剛座，可是那一株老樹已經死了。」

「他的父親又是誰哇？」

「在錫蘭卡（錫蘭），是從佛陀伽耶拿去插枝的，這一棵又是從錫蘭卡拿來插枝的！」

「菩提伽耶現在居然沒有菩提樹了嗎？」

「有！而且長得也很好，不過，它也是從錫蘭島倒插回去的。」

我想我會一直記得，曾有一個八月的清晨，我站在瓦拉那西城的阿育王鹿野苑裡，凝神看一株清蔭四圓的菩提樹，樹無所奇，奇的是它的身世。樹和樹，原來是可以異株而同根的。這一番樹的血緣使我心馳神飛，早已忘卻此際身在印度，只覺我看到的是故國的文化、五千年的道統，它可以跨海插枝而再生，它也可以在老株枯死僵仆之際重返其血肉，重歸其精神。臺灣，我所生活的地方，不正是一棵枝繁葉茂的文化再生樹嗎？

鹿野苑裡有博物館，裡面的東西全取自本地。

●

去看織沙利的廠，原來一塊沙利料子竟要紡上十天以上。明知道回到臺灣不可能穿那種東西，但還是忍不住想買，必須一再告誡善忘的自己：「別買，別買，那東西沒用的。」

可是一方面又鬼鬼祟祟地勸別人買，別人買了，我們將來有空去她家再瞧兩眼過癮也就心滿意足了。

●

「這是印度大學，全亞洲最大的。」

真有那麼大嗎？

「全世界的人都可以來讀書，這是許多人合起來捐款蓋的——其中捐款的人包括乞丐。」

簡直像中國的武訓啊！

大學本身也貌不驚人，比較特殊的是建有一所耗資兩百萬盧比的白色大理石廟，（想想印度這麼窮，這價值九百萬臺幣的廟在好些年前也就頗為可觀了。）另外也有一間博物館，物件居然又多又精而且絕不重複，陳列也落落大方，不致小家子氣。

●

瓦拉那西城裡有兩樣雕塑我幾乎看得發痴，挪不開腳。

其一在鹿野苑博物館，雕的是一座變形人體，名字叫Ardhanari，意思是「完全之神」，那神明一半是男體一半是女體，男在右女在左，中間身體部分做S形分陰陽，雖然雕像高不過一尺，但除了極盡精妙外，不免令人想起希臘神話裡男女本為合體的傳說，而男女一體時，原具超凡神力，後來為神所懼，才拆之為二的。從此男女便苦苦地尋找，想找回原來的「另一半」。

而這神叫「完全之神」，跟中國所說「夫妻牉合」、「二人同心，其利斷金」的意思也相仿，希臘雅利安人曾在中國盤庚遷殷以前就打到印度去，這小小的雕像想來正是兩個文化交會的結果。而我站在這裡如痴如醉地看這座雕像，恨不得引雕像一步步走下展覽架，走到我的睫前，和我正在思索著的那句「一陰一陽之謂道」的中式思想交會而合流。

其二是大學廟堂裡的巴爾娃蒂（Parvati）和剛乃虛（Ganesh）母子神像。那裡面有一段長長的故事：

巴爾娃蒂是濕婆神的妻子，司音樂和文藝，略等於繆思（音樂系和中文系至今多半是女生讀的），他的丈夫濕婆神雖然只是三位大天神裡的一個，但一般而言卻是民眾最熟悉的一個，他嫉惡如仇專司懲罰性的破壞。而有一次，他因天下事務繁忙，許久沒有回家，他的妻子巴爾娃蒂百無聊賴中搓搓自己的手臂，不意卻搓出一個小男孩來。（小男孩也是神，當然立刻就長大。）等父親濕婆回來，竟發現一個少年當戶把守。原來那天巴爾娃蒂正在沐浴，嚴囑兒子看門，不可放任何人進來。他不認識濕婆是自己的父親，當然也不准他進去。濕婆更為疑心，兩下打起來，少年的頭立刻被砍掉了。然後，濕婆才知道自己殺的是自己的兒子！好在孩子是神，砍了頭一時不會死，只須重新安裝回來便可，但奇怪的是砍下的頭居然找不回來，眼看再找不著就不濟事了，剛好有一隊象走過，濕婆只好另外砍個象頭安在兒子的脖子上。從此他的兒子就成了一個象頭人身的神，他被當作「知識之神」，兼「幸運之神」。

平時廟裡這些神都各有神座，但在印度大學的廟裡不知為什麼把巴爾娃蒂和剛乃虛放在一起，母在右，子在左，母親用一塊純黑色的大石頭雕成，端凝美麗，兒子用白而微紅的小塊大理石雕，一副乖巧作痴的模樣。剛乃虛本來也算個人物，廣受香火，但只因坐在母親身邊，便自有母子相依的動人處。我走了老遠，想想不捨，又折回去仔細盯著看了一番。不是黑色大雕像動人，也不是白色小雕像動人，是兩像之間視而不見的情意最足動人。

「這個城，一向被人叫做學習的和煎熬的城（City of learning and burning）。」導遊很權威地說。

「學習跟煎熬有什麼關係？」我問。

「要受得住燒烤煎熬才學得成哇！」

「咱們中國人不是這樣說的，」我笑起來：「我們說要學習就得忍受十年寒窗——大概你們太熱了，才想出這樣的成語。」

●

寒窗滴冰也罷，焦苦燒灼也罷，為人能像一條河，一面流一面能與別的河交會錯綜而蔚為大地的葉脈網絡，實在是件可奇可喜而又神聖萬分的事。

——選自《再生緣》

山事

1 山的上游和下游

碧波千里，總有個上游、下游。至於青山翠峰起起伏伏，亦如千仞湧浪，說來也該自有其上游和下游才對。水和山常是一路婉轉相隨卻又如時聚時離的情侶。那麼，最後所有的山山谷谷都一路流淌到哪裡去了呢？據古人說，是「碣石瀟湘無限路」，碣石，就算是中國的山脈之東極了吧？再過去，就是大海了。碣石山原在河北昌黎縣，可是滄海桑田，這座山巖，漢武帝還明明去祭過的，卻憑空不知怎麼的，就沉埋到海平面下頭去了。我於是只好把青島的嶗山當作碣石，視它為山脈地勢狂奔迷走之餘的最後一抹巍然。

然而，反過來說，從碣石或嶗山逆流而上，哪裡又算是山的源頭呢？

於是，從成都出發，我們走過司馬相如的「琴挑」，停駐過薛濤枇杷深巷中那漉晒著水紅色小條箋的院落，繞過蘇東坡竹篁叢生的眉山故里，我們往西方的仙子寄住的山區走去。

2 開國元勛和江南秀士

山在下游，每每化成了文弱的江南秀士，「數峰清苦，商略黃昏雨」。但在山的上游，山勢壯甚，如開國元勛，萬巒千嶺一一皆如天關，垂眉俯視眾生，絕對不像中土詩人在詩中所說的「曲折如屏風」，也不像詞中說的「秀麗如玉枕」。它是巨龍橫路，拔地擎天，連緜不絕。世若無鬼神便罷，世若有鬼神，則此大山大水才不是什麼「鬼斧神工」，它根本就是神明自己的化身，鬼物自己的幻影。

3 得了憂鬱症的山？

關於山的漢字，我好奇，便去算了一下，共有七百一十九個，其中筆畫最多的一個有三十二劃，寫作巙。咦？山也會得憂鬱症嗎？看解釋，說是「山煙貌」。啊，原來煙嵐紛藴，不單自成一景，也自有一個前人造好的字去專門侍候它、說明它。然而西行路上的山卻不多煙，西方的天空特別燦藍特別晴亮，像綠松石。空氣也乾爽清澈，彷彿這一片新天新地是新運到新開箱的新貨。

和「山部首」有關的字極多極有趣，堆起來也不免自成小山一座呢！中華民族誠然是山之子，海，則是後來才結的緣。例如：

嶰是指：「性格獨立的山」，不跟人拉幫結派，孤伶伶獨站獨臥的一座山。

嶒是指：「有深度的山」，山深起來，真要比「庭院深深深幾許」要深多了啊！

礪則指：「山高」，奇特的是古人還有姓礪的呢！

巏是指：「曲曲折折的山」。

嶷則專門指：「湖南的一座山」，這山如「九胞胎」，山山相似，直把人看得糊里糊塗滿心生疑，故名九嶷。

嶔是：「高而險的山」。

嶽字更奇特：它是「封了位階的山」，它負責在東南西北形成四嶽，有時加上中央算是五嶽，山竟變成中華民族的忠心守衛了。

4 春來山事好

唉，山的事，說不完。劉禹錫的詩中乾脆就設「山事」一詞（其實《周禮》中就說了「山事」），恰似「心事」、「春事」、「花事」一樣，是因為愛之深所以述之詳。劉詩〈奉送家兄歸王屋山隱居〉中有句謂：

春來山事好
歸去亦逍遙

山事可以成為一個專有名詞，因為山中之事太多了，「山中何所有，嶺上多白雲」、「山空松子落，幽人應未眠」、「只在此山中，雲深不知處」、「共山僧野叟閒吟和」、「山重水複疑無路，柳暗花明又一村」……。

山和這個古老的民族一向是多麼相依相存啊！

5 歌如果這樣唱

而一路西行，如玄奘，卻並不為去西天取經。不求有所得，但求有所失。只求能把傲慢的心一層層剝蝕，把欲望一寸寸降低。

汶川，劫後之城，羌人寨子、紅色哈達、茂縣、松藩、麻烈辛香的紫色花椒……、阿壩州、黑水縣、衣著既素樸又豔麗的藏民……

山路漸高，想來離天已多少近了些，光害少近，星星亮些。此刻是四月，春風駘蕩，想看的冰川也一程程近了，想起我的老鄉高祖劉邦唱著那首令他自己流淚的歌：

大風起兮雲飛揚
威加海內兮歸故鄉
安得猛士兮守四方

我想這歌如果交給我來唱，其詞應如下：

大風起兮雲飛揚
文行海內兮歸故土
願得天下健筆兮共寫四方

歌如果這樣唱，又何須流淚？

6 因高而寒，因寒而雪，因雪而玉瑩冰晶

今天，本來排定的日程是在高山草原散散步。上冰峰，是明天的事，但領隊卻忽然宣布：

「吃完中飯就立刻上山，今天難得太陽好，明天就說不定了，山上天氣千變萬化。」

說得有理，山中氣象，哪能配合你事先印好的行程表呢？於是大夥動作盡快，不一會，除了身體不適退回旅館睡覺的，其他的人便都身在山之巔了。

四千米，和臺灣的玉山一樣，玉山也是因高而寒，因寒而雪，因雪而玉瑩冰晶因而得名的。和此刻的藏人阿壩州黑水縣自治區的達古冰川相比，真是東西兩輝映啊！

山之美，當然不純然在其高，但境內能有高山且能登其高山，卻不能不說是上蒼特別的恩惠。沃野千里萬里延伸不盡的大平原雖令人驚愕嘆息，山高八千米如埃佛勒斯峰雖令人生敬生畏，但能有一座不高不矮，身長四千米的山卻是我認為比較可以心許的合情合理的「理想山」。這種山夠美，夠狠，夠冰清玉潔離塵絕俗，卻也不致冷到變化詭譎，動不動就凍死人的程度。這種安全的涉險，溫柔的折磨，才是常人可以領受得起的福澤。在夠高的山上（要疊羅漢的話，要疊兩千五百個我啊！）放眼望去，能見千山萬壑之匍伏如狂濤，能見遠遠近近雲繚霧繞冰封雪拂之奇幻布局，啊，這樣的山水怎能不是造物的聖諭。

冰川之美，有點詭異，上白、下白、左白、右白、前白、後白。一如——唉！一如什麼呢——其實它竟比較像數學，如此端整準確，純粹無誤。一眼望出去，只見群山冰肌雪腸，如此冷豔決絕，像仲尼，不作二色。這才發現，原來冰的透明加上雪的淨白竟是可以這般溫柔又這般剛烈，這般精明入微又這般無垠無涯。沒有山花，沒有蝶蹤，沒有萬紫千紅，可是單只空空曠曠的白竟也可以如此華麗不可方物，令人遐思不盡。

我原想找個詞彙來形容一下冰雪，卻忽而失笑，不對不對，冰雪之美，已是人間感覺和經驗的極限，它一向都用來形容別的事物，例如冰清玉潔的人品，冰絃玉柱的琴聲，冰姿玉骨的美人或「冰雪聰明」的才子。冰和雪自己則是無法被形容的，唉！所以，放棄吧！

7 我甚至全然不知世上有此冰川

四千米絕頂處有一平臺，而我立身其上，頭上的雪羽悠悠落下，腳下的雪堆則厚可沒膝。此時此刻接下來該做的事好像就是拍一張美美的照片了。照片也許該選背景，大家都選了一塊大石頭，石上刻著不知什麼人寫下的「挑戰自我」。

挑戰自我？我不禁莞爾笑了，我的那個「自我」不怎麼樣啦，不值得做什麼挑戰或挑釁。

不錯，我是登上峰頂了，可是，這全然不是靠我自己的本領。憑我，我是連世上有此一片叫達古冰川的地方也不知情的哇！還談什麼登山行呢？（哼，說來我所不知道不懂得的還多著呢，何止這一端。）這達古冰川是一九九二年有位日本科學家靠著人造衛星才觀測到的。當然，你可以說，這全歸功於這位日本人。不過，憑良心說，難道他不也仗著背後那些「造人造衛星的」另一批精英嗎？人類整體文明少說也有五、六千年了，我們自己的民族從漢唐盛世算起也有兩千年了，什麼互砍互殺互鬥互炸的把戲也都玩過了頭地在玩著，卻居然連自己身邊山紆水複處有此一絕美仙境都渾然不知，唉！也真是敗家子一群啊！

我既不知此仙境，也算孤陋寡聞了（好在孤陋之輩為數眾多，我倒頗不寂寞），我是靠別人整理出來的資訊，靠別人辛苦修築完成的山間公路，才能安坐旅遊車到此一遊的。人類活著，一年三百六十五天，一天二十四小時，哪一時哪一刻不是靠天恩地惠以及他人的智慧勞力才活下來的，哪有什麼「挑戰自我」的榮耀——至少我就沒有。

況我於二〇〇五年罹患大腸癌，於是動了手術，切掉五十公分的腸子，然後又僥倖活了下來，息視人間，我靠的全是天地間的一絲垂憐啊！——而為我開刀的林醫師，他自己也有諸多毛病，全身開過不下十次刀，當然，他雖手術高明，他自己身上的手術可卻都是別人動的刀。

且我又有血壓高的毛病，如果不是靠近百年來的醫藥進步，恐怕早已中風或死亡，哪來什麼本事去挑戰什麼什麼冰川絕頂？加上這兩天吃了「紅景天」高山藥，可以表面看起來活蹦亂跳，其實恍如小兒坐轎——看景全仗著別人的身高。

說起來，我想感謝的還有那些草原上的犛牛呢，沒有牠們美味的肉，我哪有今天爬山的能量，當然，還有紅菇湯，還有核桃花鬚鬚……。對了，還該感謝我的牙醫，否則美食當前，七十二歲的我卻也沒本事消受啊……

何況，我今日登山，並不像攀岩專家，在岩石上釘釘子、拉繩索，我們是直接坐纜車上來的，什麼力氣也沒花。而纜車，是澳大利亞的公司做的，我不過坐享其成罷了。纜車，這邊叫「索道」，這名字挺好，簡直像「求索真理」一般詩情畫意。

下了纜車，走不到一百米，就是峰頂了。厚厚的積雪雖令人腳趾稍覺僵冷，但我卻有四隻腳，另外兩隻是輕便的登山杖。「杖」，這個字也忒好，我就是處處「仗」著別人的勞力和智力，才能有此壯遊啊！

8 《中庸》，自己蹦了出來

如果不是「挑戰自我」，那麼，什麼才是我此刻的心情呢？有十個字立刻浮出來，那便是：

行遠必自邇，登高必自卑

對啊！對啊！當我行到遠方

才知道自己的深淺和短長
當我爬上了高崗
才知道自己沒有理由張狂

咦，奇怪，這是什麼地方冒出來的句子，哦，對了，是《中庸》。我此刻分明並沒有去想什麼《中庸》，是《中庸》自己蹦出來的。奇怪的是，兩千多年前的句子怎麼形容我此刻的心情竟是如此貼切！

不過，如果容許我和《中庸》裡的仲尼對話，我會再加衍申：

或在平面上走長長遠遠的路
或在三度空間裡爭取辛苦的垂直攀高
如果這些都能有助於自我終於懂得謙抑
（前者，屬於數學上的比例問題）
那麼一朝面臨冰崖雪湖的無瑕無疵
讓我也懂得什麼叫自穢自慚和自澄自清吧！

（後者，是化學上的質變）

9 那些轟然矗立在大地之上的驚歎號

十年前，去過黃山，對那句「黃山歸來不看山」的說法，只能「不贊成——卻原諒」，（對他人真心且偏心的愛情，不是都應該加點原諒嗎？）但我自己的說法卻是，正因為從黃山歸來，正因為嗜美已成癮且入骨，讓我有生之年能一一拜謁那些遠遠近近的山，那些轟然矗立在大地之上的驚歎號。

唯一的憾事是，達古冰川太美，我記憶追述時，老覺得不踏實，就算有照片為佐證，我仍有幾分疑幻疑虛。心想，那會不會只是我二〇一三年四月仲春的一場介乎無痕與有痕之間的春夢呢？

第二章／情之所至

愁鄉石

到「鵝庫瑪」渡假去的那一天，海水藍得很特別。

每次看到海，總有一種癱瘓的感覺，尤其是看到這種碧入波心的，急速漲潮的海。這種向正前方望去直對著上海的海。

「只有四百五十海里。」他們說。

我不知道四百五十海里有多遠，也許比銀河還迢遙吧？每次想到上海，總覺得像歷史上的鎬京或是洛邑那麼幽渺，那樣讓人牽起一種又淒涼又悲愴的心境。我們面海而立，在浪花與浪花之間追想多柳的長安與多荷的金陵，我的鄉愁遂變得又劇烈又模糊。

可惜那一片江山，每年春來時，全交付給了千林啼鴂。

明孝陵的松濤在海浪中來回穿梭，那種聲音、那種色澤，恍惚間竟有那麼相像。記憶裡那一片亂映的蒼綠已經好虛幻好縹緲了，但不知為什麼，老忍不住要用一種固執的熱情去思念它。

有兩三個人影徘徊在柔軟的沙灘上，撿著五彩的貝殼。那些炫人的小東西像繁花一樣地開在白沙灘上，給發現的人一種難言的驚喜。而我站在那裡，無法讓悲激的心懷去適應一地的色彩。

驀然間，沁涼的浪打在我的腳上，我沒有料到那一下沖撞竟有那麼裂人心魄。想著海水所來的方向，想著上海某一個不知名的灘頭，我便有一種嚎哭的衝動。而哪裡是我們可以慟哭的秦廷？哪裡是申包胥可以流七日淚水的地方？此處是異國，異國寂涼的海灘。

他們叫這一片海為中國海，世上再沒有另一個海有這樣美麗沉鬱的名字了。小時候曾經多麼神往於愛琴海，多麼迷醉於想像中那抹燦爛的晚霞，而現在，在這個無奈的多風的下午，我只剩下一個愛情，愛我自己國家的名字，愛這個藍得近乎哀愁的中國海。

而一個中國人站在中國海的沙灘上遙望中國，這是一個怎樣鹹澀的下午！

遂想起那些在金門的日子，想起在馬山看對岸的角嶼，在湖井頭看對岸的何厝。望著那一帶山巒，望著那曾使東方人驕傲了幾千年的故土，心靈便脆薄得不堪一聲海濤。

那時候忍不住想到自己為什麼不是一隻候鳥，猶記得在每個江南草長的春天回到舊日的樑前，又恨自己不是魚，可以繞著故國的沙灘岩岸而流淚。

海水在遠處澎湃，海水在近處澎湃，海水徒然地沖刷著這個古老民族的羞恥。

我木然地坐在許多石塊之間，那些灰色的，輪流著被海水和陽光煎熬的小圓石。

那些島上的人很幸福地過著他們的日子，他們在歷史上從來不曾輝煌過，所以他們不必痛心。他們沒有驕傲過，所以無須悲哀。他們那樣坦然地說著日本話，給小孩子起日本名字，在國民學校的旗竿上豎著別人的太陽旗，他們那樣怡然地頂著東西、唱著歌，走在美國人為他們鋪的柏油路上。

他們有他們的快樂。那種快樂是我們永遠不會也不屑有的。我們所有的只是超載的鄉愁，只是世家子弟的那份煢獨。

海浪衝逼而來，在陽光下亮著殘忍的光芒。海雨天風，在在不放過旅人的悲思。我們向哪裡去躲避？我們向哪裡去遺忘？

小圓石在不絕的浪濤中顛簸著，灰白的色調讓人想起流浪者的霜鬢。我撿了幾個，握在手心裡，我的臂膀遂因為沉重。

忽然間，就那樣不可避免地憶起了雨花臺，憶起那閃亮了我整個童年的璀璨景象。

那時候，那些彩色的小石曾怎樣地令我迷惑。有陽光的假日，滿山的撿石者挑剔地品評著每一塊小石子。那段日子為什麼那麼短呢？那時候我們為什麼不能預見自己的命運？在去國離鄉的歲月裡，我們的箱篋裡沒有一撮故國的泥土。更不能想像一塊雨花臺石子的奢侈了。

灰色的小圓石一共是七塊，它們停留在海灘上想必已經很久了，每一次海浪的衝撞便使它們更渾圓一些。

雕琢它們的是中國海的浪頭，是來自上海的潮汐，日日夜夜，它們聽著遙遠的消息。

把七塊小石轉動著，它們便發出琅然的聲音，那聲音裡有著一種神祕的回響，呢喃著這個世紀最大的悲劇。

「你撿的就是這個？」

遊伴們從遠遠近近的沙灘上走了回來，展示著他們彩色繽紛的貝殼。

而我什麼也沒有，除了那七顆黯淡的灰色石子。

「可是，我愛它們。」我獨自走開去，把那七顆小石壓在胸口上，直壓到我疼痛得淌出眼淚來。在流浪的歲月裡我們一無所有，而今，我卻有了它們。我們的命運多少有些類似，我們都生活在島上，都曾日夜凝望著一個方向。

「愁鄉石！」我說，我知道這必是它的名字，它決不會再有其他的名字。我慢慢地走回去，鵝庫瑪的海水在我背後藍得教人崩潰，我一步一步艱難地擺脫它。而手絹裡的愁鄉石響著，響久違的鄉音。

無端的，無端的，又想起姜白石，想起他的那首〈八歸〉。最可惜那一片江山，每年春來時，全交付給了千林啼鴃。

愁鄉石響著，響一片久違的鄉音。

後記：鵝庫瑪係沖繩島極北端之海灘，多有異石悲風。西人設基督教華語電臺於斯，以其面對上海及廣大的內陸地域。余今秋曾往一遊，去國十八年。雖望鄉亦情怯矣。是日徘徊低吟，黯然久之。

——選自《愁鄉石》

不是遊記

不能放棄的痠疼

既沒有看見什麼依山而築的別墅，也沒有看見什麼銜尾優游的小船。到是那麼巨幅的汽水廣告，在措不及防中跳進了視線，心中便突然像飲了那滿杯冒著泡子的辛辣，無端地悲哀了起來。

然後，飛機才正式著陸，一種乍然沉船的感覺。香港到了，香港是一齣充滿丑角和笑鬧的悲劇。人世間還有何城市像這座城一樣同時擁有狂歡的霓虹和死亡的陰影？

於是，才看到那一塊塊比座標紙還規則的公寓，每一戶都晾著些不十分白的衣服，在正午的懶風中待飄不飄的，猛一看，恍惚覺得是某種老屋的窗紙，又破又乾地裂成一種敗落的形象。

再然後，才在甬道裡看到「靠左走」的牌子，兩個簡單的英文字竟使我在其下呆立了許久，「反其道而行」的世界又是怎樣的世界？

滿街亂撲的豔陽下，偶見的樹色似乎都清新，讓人怎麼也想不起兩年前曾有怎樣令人心悸的日子。沿著左，車子開向沙田，詩詩在我的臂上睡了，這城市的彩色不曾投上他的睡睫。

「這灣海，」許說，「就要填起來了。」

我抬眼望那不十分青綠的山，忍不住的悲憫便湧上來，不久後，此處將無山，山都將屈服於鏟土機，成為一擔擔的泥。而水，那又淺又亮的水也將沒有了——在一片片的黃泥之下，水將被埋葬。

「沒有辦法，」無奈的聲音從前座傳來，「那邊每年要跑過來五萬人。」

五萬，亂世裡一個怎樣不值錢的數目。

淺海裡的陽光異樣地刺目，我轉過臉，像避開電影中某個悲慘的鏡頭。而垂首處，詩詩的午夢清熟，一朵笑意自他的黑睫撒下，他沉重的頭壓著我，那重量讓人覺得多麼像鄉愁——它壓得你瘦疼，但你不能放棄。

「你要去邊界嗎？」許說，「我去過幾次，再也不忍去了，那種古來未有的傷心地竟讓外國人當觀光區了。」

平穩的路上車子似乎忽然顛簸得不能忍受，滿眼的山色一霎間便模糊了起來。

苦芥

崇基書院是一個小小的山莊，我驚訝於那重疊的綠嶂，和那些隱現的曲徑，曲徑的低處是我的小屋——那只有兩面牆的小屋。小屋的另兩面全是白漆的窗，那麼怡人地開向大片的草地和海水。

如果只是演講，只是對著這一帶耀眼的綠，三個禮拜又算什麼？但如果要負荷鄉愁呢？如果要同時思念那條多柳的新生南路與多煙的廿四橋呢？

……

晚餐的桌上有人說：「我們這裡什麼都沒有，我們連吃的青菜都是從那邊來的。」

我停箸望他，疑惑地指著覆在鮑魚下的苦芥說：「這也是那邊來的嗎？」

「是的。」

我黯然良久感到方才吃下的那特別的苦味一直苦到趾間。

有生之日，我知道，這悲劇的苦味將永遠被反芻。

碎成節的

夜裡醒來，半窗昏月，滿谷蟲鳴。一條黃昏時分明看見在幾十公尺外的山泉，此刻竟響得像在枕上流過的。

客裡的愁情到此一起迸發。

草場盡處的火車輾過鋼，也輾過我不寐的雙耳。

「火車開向哪裡？」白天，我曾這樣問別人。

「往這邊是九龍。」一個女孩告訴我。

「那邊呢？」

「那邊是上水和羅湖——再過去就要到廣州了。」

「只要換一班車就到廣州了嗎？」

「大概是的吧？」

凝視著那黑色的車廂，第一次發覺火車竟有那麼沉重，重得竟碎成那麼多節。

而此刻，在黑如深淵的夜裡，嗚笛是殘忍的閃電，裂開席夢思上的夢，裂開長簾下一個孩子均勻地，大提琴般低柔的鼾聲。

上水。羅湖。廣州。火車。碎成節的。珠江大橋。愛群酒家。多麼接近的遙遠，多麼陌生的熟稔。

火車向北，火車向南，火車永遠在輾。

白鳥

早晨十一時，山坡上的小松樹剛剛曬乾，可口可樂的罐子在地下滾動。我拿起一枝筆，想在名片的背面畫一幅眼前的水田，卻忽然忍不住地哭了。小小的長著小松的小山坡，一口氣可以跑完的小山坡，而二十年過去，結辮的小女孩已是母親，故國的路卻仍遙遠。山河漸碎，碎如淚，碎如不能再碎的心。

深圳河，怎樣黃濁而又怎樣滯重的一條河。赤柱的海水快意地藍著，淺水灣的海水輕鬆地亮著，而世上竟有深圳，黃如墳土渾如膽汁的深圳。刺人如一條魚鯁的深圳。悲哀如一痕內傷的深圳。永生永世不能痊癒的深圳。

山色殘忍地青著，水牛殘忍地悠閒著，一隻白鳥殘忍地往返於河面，分明仍是王維的山水，分明仍是倪雲林的山水——如果沒有鐵絲網，如果沒有巡警。

日光白如飛塵，飛塵白如日光，嗆鼻的乾燥中，只有深圳河是永不止息的淚溝。八月，飲冰的季節，我的心卻只能飲恨，只能飲二十年流不盡的憂傷。

一座漂亮的彩色飛亭可笑地站在山頭，亭下站著一個可笑的賣畫人，在炫耀那些廉價的油彩，面對著僵死的山河，他何竟能畫出那樣橘紅的落日，那樣繽紛的船影。三十元一幅，或者二十元，山河可以標售，風景可以打折。小攤上並且有明信片，兜售著中國人最悲涼的故事。

筆在手，畫在目，淚在兩岸臨風。風無聲，淚無聲，畫無聲，筆無聲。唯深圳河，響自受創的肺腑。

走下山徑，看見的可口可樂在路側堆疊，我哭了。世上有何物可適失鄉者之口，世上又復有何事可樂懷愁者之心。

白鳥在此岸，白鳥在彼岸，白鳥翩翻著古代的翅膀，水牛蹣跚著老式的悠閒，山巒摺疊著國畫的皴法。有異的是山河，不殊的是風景。

紙片的一面繪著深圳，紙片的另一面是我的籍貫和名字——薄薄的一紙是迢迢的河漢，薄薄的一紙是無鵲可渡的無限遠。

二十年，深圳。深圳，悲哀如一痕內傷的深圳。

彩色的遊戲

隔著海，望香港的燈火，香港不見，只見一片霓虹。城市是什麼？城市或者只是一種彩色的遊戲。曾在巴比倫玩過的，曾在羅馬玩過的，現在又在香港和九龍被玩了。下一站，歷史的下一站又是什麼？

彌敦道上，兩層的巴士飛馳。人群像千足蟲，重複著永遠走不完的腳，在人行道上匆匆來去。忽而穿行在熱流中，忽而被大公司的冷氣襲中。行人永遠不能了解自己是在赤道，或是南極？是在洪荒年代，或是二十世紀？

午夜三點，在朋友家中被吵醒，身在十三層樓上一個最蔽靜的房間裡，卻疑惑是被踩在暴動的人潮之下。城市，城市是什麼？是聲音的競技場嗎？

不寐時，便想到那天晚上的街景，皇后道上不知何處駛來張皇的救火車，怪異的燈光下，街邊的噴泉忽然變色，噴著憤怒，噴著憂鬱，噴著寞落，噴著死。而碼頭上的汽油霓虹廣告，把海水染紅又染綠，讓人想起古老的海戰，讓人想起血流漂杵的人類史。

不能忘記黃昏時，四起的燈光裡，亞皆老街上站著一個髮綹如蛇的瘋子，顛躓著步履，斜披著襤褸，被貼在一街川流的繁華上，像一個黏錯了的手工。

還有那些龍，一條條被塑在大廈門前的，此刻，在午夜三點，不知是否也疲於張牙舞爪，疲於它古老的驕傲。每次看見它，就彷彿看見沉甸的中國，被釘在大廈的門楣上，任過往的市聲溺死，任紛落的市塵壓死。

大廈樓梯間的白紙，在夜色裡忽然也特別地粲明起來——大廈是另一種破廟，在逃荒的年代。樓梯是床，紙是褥，希臘哲人的木桶到此也成了負荷。生活究竟可以赤裸到怎樣的程度？流亡的故事究竟可以寫成怎樣的慘淡？城不寐，我亦不寐，相對的清醒中唯彩色在周流，在永無止息地玩著漸漸疲乏的遊戲。

山

有一天，沒有太陽也沒有雨，天空嚴肅地灰著，大學對面的那座山好像才突然有分量起來。麗日高懸的日子，我只感到它的快樂怡人，晨霧如紗的日子，我只感到它的空靈縹緲，但在這樣黯然的陰天，我才忽然發現它那種悲劇性的莊嚴。對著山，我第一次向這個城市傾出我的愛。

那時候，才想到這個城裡必然有許多憂憤的憂魂，有許多淚，有許多澎湃的血脈。我不知道他們住在哪一座木屋中，也許夜來時，他們同樣地飄流在彌敦道的人潮中，我分不出他們的腳步。但我知道，在燈光之外，在層樓之外，在櫛比的櫥窗之外，必有一些有價值的靈魂，如同在海底的荒涼中，也有沉船中古美人的紅玉。

任濱海的比基尼戲水，任港外的蚱蜢舟衝浪，山只一味地沉默。山在太平的景象之外，山在繁華的畫面之外，山很愴然，山很傲然。

山的線條缺少柔和，山的顏色不夠明朗，在這嚴肅的陰天。山鬱鬱結結，如同深夜裡被抑壓在心底的哀歌。但山使我愛這個城，山使我想起那些陌生的靈魂，山使我想起那些不瞬的望鄉的眼睛。

吊頸嶺

所謂調景嶺，據說原來是叫做吊頸嶺的。

吊頸嶺很美，小小的屋子像白蕈一樣茂生在綠山坡上。山下是水，水也綠，綠得像舊式的絲綢。讓人怎麼也想不出二十年來的悲愁。

而吊頸嶺，那自盡者的故事，常躡足而來，在盛夏的窗下呢喃著流浪人的調子。

據說是許多年前了，一個猶太人買了這塊地，「這樣的山，這樣的水，」那猶太人想，「有一天會被珍視的。」

然而，沒有，那山那水和那片濃綠竟一直被拒絕。猶太人破產了，他茫然地站在自己的土地上，不相信地搖著頭。最後他以一根細繩結束了自己——那失根的猶太人。

自懸是一個怎樣的動作啊！一種和泥土隔絕的死亡又是怎樣的死亡？

人行到山下，行到水湄，竟也能感到那種被扼的痛苦。相形之下，破產已不足為創傷，家破國裂之後還有什麼悲哀成其為悲哀？繩索也不成其為疼痛，背井離鄉之後還有什麼吊掛成其為吊掛？

那天中午，餐廳裡打起「生猛海鮮」的大字，心中便澀然地像被粗砂紙磨過一般。生猛，什麼海鮮還能生猛？在離水之後。低首看自己，和同行的，不曾踐踏過故土的詩，二十年的淒楚便一下子翻湧而至。想起那天在一家水果店裡，正滿心怡悅地望著那些澳洲的、美洲的和臺灣的漂亮水果，一旋身間卻在一個不惹眼的大竹簍裡發現「新鮮南京百合」的標籤。忽然，百合羹的記憶便那麼準確地來到舌尖，南京城的夏從看不見的角落拼湊而來。但最令人不能忍受的還是百合根上的那一團濕泥——像是用什麼人的眼淚和過的，那麼濕、那麼黏，那南京城的黑泥。我曾在其上躺過的，我曾以之做過手工的，南京城的泥。一剎間，我急急地轉身而去，覺得自己像一頭被追趕的獵物在千山間踉蹌。

有何海鮮能生猛？在離水之後。有何人能安然？在離土之後。吊頸嶺，使鄉魂黯然的又何止是這一嶺？使旅思沸滾的又何止是這一嶺？

吊頸嶺，遙遠的自盡者的幽泣在群峰間迴響，流落江左的異鄉人誰能沒有抹頸的劇痛。

——選自《愁鄉石》

何厝的番薯田

猝然間，他擲下了手中的望遠鏡。

「那是哪裡？」他虛弱地問，像剛挨過一記悶棍。

「廈門，排長。」

「我知道，我說正對著我的那片沙灘，那片紅土番薯田。」

「你是說有人、有房子、有漁船的那個地方嗎？」

「是的。」

「那是何厝，屬於廈門的一個小村子。」

「很好的名字。」他低下頭，像在玩味那名字可能產生的意義。

「好了，你走開吧！」良久，他抬起頭來說。

早晨的陽光把土地曬得很溫暖，他把雙肘撐在多草的紅土丘上，面對著剛知道名字的那個村落。

眼前有海水，很輕柔地推著一波一波的細浪，像記憶中的錢塘，閃耀著女性的綠。而紅土崗在此岸，紅土崗在彼岸，紅土崗在兩岸的陽光裡紅得淒豔，憔悴而又驚心。

他把望遠鏡掂在手裡，決定不了要不要再看一次。

剛才他真的沒有想到在望遠鏡裡兩下的距離會一下子變得那麼近。當鏡片裡乍然出現了走動的人影，他唬得幾乎擲碎了望遠鏡。

那種清晰真是一種可怕的清晰，一種殘忍的清晰。你差不多覺得一伸手就可以擁抱到他們了，他們卻遠在宇宙的洪荒裡。

並列的透明雙圈中圈著世紀的悲劇。他有一種破碎的感覺。

「天好的時候我們就坐在大擔島的海邊上，」前幾天有個老兵向他這樣吹牛，「看廈門大學的學生賽籃球，有時候裁判弄錯了球，我們就噓他。」

他當時死也不相信，但現在他看到了那樣熟悉的白衫白褲，在海灘上撿著海螺海貝一類的東西，他又差不多能相信了。那裡有一帶田舍，有著翼然欲飛的屋脊——多像這一邊的。而飛到哪裡去呢？戰爭不來，海峽的雲很低，海峽的水很柔。

望遠鏡掂在手裡，真的不知道該不該再看一眼那個叫做何厝的村子。

那個村子裡的人想必都姓何，何厝的意義大概就等於「趙家莊」或者「陳家集」之類的名稱吧！在古老中國深廣的腹地裡，有多少這樣美好的地名。這樣親愛的家族所居的地方。

再看一眼吧，僅僅一眼，他對自己說。這一次我已經準備好了，悲劇已經夾著海峽上演了二十年了，不看又怎樣呢？

並列的圓鏡頭裡再一次出現了白色的長沙灘，以及紅土的番薯田。有船從海上回去，那種兩頭尖起像是獨木舟的漁船。他再一次驚訝於兩岸的土質、作物和生活方式竟都那樣相像。

他們會不會碰面呢？那邊的和這邊的漁船。他們會不會談談今年的螃蟹收穫量呢？或者聽對方唱一段他們心愛的南管戲？

他的心重新被刺痛起來——他看到一群穿淺黃衣服的人，淺淺的土黃。

他也許該叫他們作「敵人」，並且用一種可以裂眥的憤怒去看他們。可是他沒有，他感到眼眶欲裂，那是被急漲的淚水壓迫的。

他們都很年輕，從望遠鏡裡可以看得出來，他們似乎正在被指揮著做什麼工事。他們都生於哪一年呢？演了七億齣悲劇的一九四九？他遂想起了他的弟弟，那個出生於一九四九而從來沒有被母親見過的弟弟，他小小的屍骨被埋在紅色的泥土中，在一個不知名的村落。父親自己動手埋的，埋一九四九年中華民族的不甚希罕的悲劇。

而紅土崗在此岸，紅土崗在彼岸，紅土崗在兩岸的陽光裡紅得淒豔，憔悴而又驚心。

番薯秧在紅土田裡翻騰，一種濃稠蒼老的綠。番薯秧在兩岸的薰風裡澎湃，陰暗的慘綠沉重地壓迫著兩岸的呼吸。戰爭很遙遠，故土很近。故土雖近，戰爭卻遙遠。

他不能自已地想到昨天那個詩人副連長告訴他的那個悲慘的故事。

曾有一個士兵，每天早上總要痴痴地在岸上瞭望，有一天，他終於對人說出他的祕密。

「你看到那個紅磚房嗎？那是我的家。我的媽媽還活著，每天早上她出來餵雞，在那老樹下。」

很美的一幅畫，畫在一幅很悲慘的油布上。

其實何止那個常在海風中坐著的士兵呢？如果有一架夠大的望遠鏡，並且坐在風寒的高處，誰都可以看見自己的老母，在庭前的老樹下獨立，一遍一遍地飼養著她們的小雞，藉以壓抑一次又一次思子的衝動。

何厝，他唸著，你這陌生而又熟悉的村落。十八年來接受了多少流浪者帶淚的凝望，作過多少人假想的家鄉，成為多少人思念的鬱結。何厝，你這唸著就有那麼悽惻的名字。

放下望遠鏡，海水把那些愁紅慘綠的畫面隔離了，何厝消失了，遠望過去只剩下一帶發白發亮的沙灘，繞著十八年前的舊山河。

近午的海水綠得比什麼時候都傷感，像是把兩岸番薯田的綠都挪過來了。番薯田翻騰著，海水翻騰著，世紀的悲哀翻騰著。他把自己撐在紅土丘上，聽兩岸的番薯秧在風中簌簌然的，使人裂心的低泣。

——選自《愁鄉石》

留言板

經過火車站的時候，我總忍不住要去看讓旅客留言的那面牌子。

那些粉筆字不知道鐵路局允許它保留半天或一天，它們不是宣紙上的書法，不是金石上的篆刻，不是小箋上的墨痕，它們注定立刻便要消逝——但它們存在的時候，它是多好的一根絲絲，就那樣綰住了人間種種的牽牽絆絆。

我竟把那些句子抄了下來：

緞：久候未遇，已返，請來龍泉見。

春花：等你不見，我走了（我二點再來）。榮。

展：我與姨媽往內埔姊家，晚上九時不來等你。

每次看到那樣的字總覺得好，覺得那些不遇、焦灼、愚痴中也自有一份可愛。一份人間的必要的溫度。

還有一個人，也不署名，也沒稱謂，只扎手扎腳地寫了「吾走矣」三個大字，板黑字白，氣勢好像要突破掛板飛去的樣子。也不知道究竟是寫給某一個人看的，還是寫給過往來客的一句詩偈，總之，令人看得心頭一震！

《紅樓夢》裡麻鞋鶉衣的瘋道人可以一路唱著〈好了歌〉，告訴世人萬般「好」都是因為「了斷」塵緣，但為什麼要了斷呢？每次我望著大小驛站中的留言牌，總覺萬般的好都是因為不了不斷，不能割捨而來的。

天地也無非是風雨中的一座驛亭，人生也無非是種種羈心絆意的事和情，能題詩在壁總是好的！

——選自《步下紅毯之後》，摘錄於〈種種有情〉

等車及其他

在鄉間的小路邊等車，車子死也不來。

我抱書站在那裡，一籌莫展。

可是，等車不來，等到的卻是疏籬上的金黃色的絲瓜花，花香成陣，直向人身上撲來，也許，香的不是絲瓜花，而是不知名的草。花棚外有四野的山，繞山的水，抱住水的岸，以及抱住岸的草，我才忽然發現自己已經陷入美的重圍了。

在這樣的一種驛站上等車，車不來又何妨？事不辦又何妨？

車是什麼時候來的？我忘了。事是怎麼辦的？我也忘了。長記不忘的是滿籬生氣勃勃照眼生明的黃花。

另一次類似的經驗是在夜裡，站在樹影裡等公車。那條路在白天車塵沸揚，可是在夜裡卻靜得出奇。站久了我才猛然發現頭上是一棵開著香花的樹，那時節是暮春，那花是乳白色鬚狀的花，我好像在什麼地方聽過它叫馬鬃花。

暗夜裡，我因那固執安靜的花香感到一種互通聲息的快樂，彷彿一個參禪者，我似乎懂了那花，又似乎不懂。懂它固然快樂——因為懂是一種了解，不懂又自是另一種快樂——唯其不懂才能挫下自己的銳氣，心悅誠服地去致敬。

或以香息，或以色澤，花總是令我驚奇詫異。

看兒子畫畫，忍不住噗哧一聲笑了出來。

他用原子筆畫了一幅太空畫，線條很仔細，似乎有人在太空漫步，有人在太空船裡，但令我失笑的是由於他正正經經地畫了一間大樓，題名是「移民局」。

這一代的孩子是自有他們的氣魄的。

十一月，秋陽輕軟如披肩，我置身在一座山裡。

然後一個穿大紅夾克的男孩走入小店來，手裡拿著一疊粉紅色的信封。

小店的主人急急推開木耳和香菇，迎了出來，他粗著嗓子叫道：

「歡迎，歡迎，喜從天降！你一來把喜氣都帶來啦！」

聽口音，是四川人，我猜想他大概是退役的老兵，那靦腆的男孩咕噥了幾句又過了街到對面人家去挨戶送帖子了。

我心中莫名地高興著，在這荒山裡，有一對男孩女孩要結婚了，也許全村的人都要去喝喜酒，我是外人，我不能留下來參加婚宴，但也一團歡喜，看他一路走著去分發自己的喜帖。

深山，淡日，萬綠叢中紅夾克的男孩，用毛筆正楷寫得規規矩矩的粉紅喜柬……在一個陌生過客的眼中原是可以如此親切美麗的。

我有一個黑色的小皮箱，是旅行美國時舊箱子壞了，朋友臨時送我的。朋友是因為好玩，跟她一個鄰居老先生在「汽車間市集」（即臨時賣舊貨處）賤價買來的。

把箱子轉交給我的時候，她告訴我那號碼是〇八八，然後，她又告訴我當時賣箱子的老先生說，他所以選〇八八，是因為中學踢足球的時候，背上的號碼是〇八八。

每次開闔箱子，我總想起那素昧平生的老人，想起他的少年，想起大紅色的球衣，以及球衣背後驕傲號碼，是不是被許多男孩嫉妒的號碼？是不是令許多女孩瘋狂的號碼？

每次一開一闔間，我所取出取進的豈是衣衫雜物，那是一個呼之欲出的故事，一個鮮明活躍的特寫，一種真真實實曾在遠方遠代進行的發生。

我怎麼會惦念著一個不知名姓的異國老人呢？這裡面似乎有些東方式的神祕因緣。

或開，或闔，我會在怔忡不解中想起那已是老人的背號〇八八號球員。

——選自《步下紅毯之後》，摘錄於〈情懷〉

常常，我想起那座山

一方紙鎮

常常，我想起那座山。

它沉沉穩穩地駐在那塊土地上，像一方紙鎮。美麗凝重，並且深情地壓住這張紙，使我們可以在這張紙上寫屬於我們的歷史。

有時是在市聲沸天、市塵彌地的臺北街頭，有時是在擁擠而又落寞的公共汽車站，有時是在異國旅舍中憑窗而望，有時是在扼腕奮臂、撫胸欲狂的大痛之際，我總會想起那座山。

或者在眼中，或者在胸中，是中國人，就從心裡想要一座山。

孔子需要一座泰山，讓他發現天下之小。

李白需要一座敬亭山，讓他在雲飛鳥盡之際有「相看兩不厭」的對象。

辛稼軒需要一座嫵媚的青山，讓他感到自己跟山相像的「情與貌」。

是中國人，就有權利向上帝要一座山。

我要的那一座山叫拉拉山。

山跟山都拉起手來了

「拉拉是泰雅爾話嗎？」我問胡，那個泰雅爾司機。

「是的。」

「拉拉是什麼意思？」

「我也不知道，」他抓了一陣頭，忽然又高興地說：「哦，大概是因為這裡也是山，那裡也是山，山跟山都拉起手來了，所以就叫拉拉山啦！」

他怎麼會想起來用國語的字來解釋泰雅爾的發音的？但我不得不喜歡這種詩人式的解釋，一點也不假，他話剛說完，我抬頭一望，只見活鮮鮮的青色一刷刷地刷到人眼裡來，山頭跟山頭正手拉著手，圍成一個美麗的圈子。

風景是有性格的

十一月，天氣一逕地晴著，薄涼，但一逕地晴著，天氣太好的時候我總是不安，看好風好日這樣日復一日地好下去，我說不上來地焦急。

我決心要到山裡去一趟，一個人。

說得更清楚些，一個人，一個成年的女人，活得很興頭的一個女人，既不逃避什麼，也不為了出來「散心」——恐怕反而是出來「收心」，收她散在四方的心。

一個人，帶一塊麵包，幾隻黃橙，去朝山謁水。

有的風景的存在幾乎是專為了嚇人，如大峽谷，它讓你猝然發覺自己渺如微塵的身世。

有些風景又令人惆悵，如小橋流水，（也許還加上一株垂柳，以及模糊的雞犬聲）它讓你發覺，本來該走得進去的世界，卻不知為什麼竟走不進去了。

有些風景極安全，它不猛觸你，它不騷擾你，像羅馬街頭的噴泉，它只是風景，它只供你拍照。

但我要的是一處讓我怦然驚動的風景，像寶玉初見黛玉，不見眉眼，不見肌膚，只神情恍惚地說：

「這個妹妹，我曾見過的。」

他又解釋道：「雖沒見過，卻看著面善，心裡倒像是遠別重逢的一般。」

我要的是一個似曾相識的山水——不管是在王維的詩裡初識的，在柳宗元的〈永州八記〉裡遇到過的，在石濤的水墨裡咀嚼而成了癮的，或在魂裡夢裡點點滴滴一石一木蘊積而有了情的。

我要的一種風景是我可以看它也可以被它看的那種。我要一片「此山即我，我即此山，此水如我，我如此水」的熟悉世界。

有沒有一種山水是可以與我輾轉互相注釋的？有沒有一種山水是可以與我互相印證的？

包裝紙

像歌劇的序曲，車行一路都是山，小規模的，你感到一段隱約的主旋律就要出現了。

忽然，摩托車經過，有人在後座載滿了野芋葉子，一張密疊著一張，橫的疊了五尺，高的約四尺，遠看是巍巍然一塊大綠玉。想起余光中的詩——

那就折一張闊些的荷葉
包一片月光回去
回去夾在唐詩裡
扁扁的，像壓過的相思

臺灣荷葉不多，但滿山都是闊大的野芋葉，心形，綠得教人喘不過氣來，真是一種奇怪的葉子。曾經，我們的市場上芭蕉葉可以包一方豆腐，野芋葉可以包一片豬肉——那種包裝紙真豪華。

一路上居然陸續看見許多載運野芋葉子的摩托車，明天市場上會出現多少美麗的包裝紙啊！

肅然

山色愈來愈矜持，秋色愈來愈透明，我開始正襟危坐，如果米顛為一塊石頭而免冠下拜，那麼，我該如何面對疊石萬千的山呢？

車子往上升，太陽往下掉，金碧的夕暉在大片山坡上徘徊顧卻，不知該留下來依屬山，還是追上去殉落日。

和黃昏一起，我到了復興。

它在那裡綠著

小徑的盡頭，在蘆葦的缺口處，可以俯看大漢溪。溪極綠。

暮色漸漸深了，奇怪的是溪水的綠色頑強的裂開暮色，堅持地維護著自己的色調。天全黑了，我驚訝地發現那道綠，仍舊虎虎有力地在流，在黑暗裡我閉了眼都能看得見。

或見或不見，我知道它在那裡綠著。

賞梅，於梅花未著時

庭中有梅，大約一百株。

「花期還有三、四十天。」山莊裡的人這樣告訴我，雖然已是已涼未寒的天氣。

梅葉已凋盡，梅花尚未剪裁，我只能佇立細賞梅樹清奇磊落的骨格。

梅骨是極深的土褐色，和岩石同色。更像岩石的是，梅骨上也布滿蒼苔的斑點，它甚至有岩石的粗糙風霜、岩石的裂痕、岩石的蒼老嶙峋。梅的枝枝柯柯交抱成一把，竟是抽成線狀的岩石。

不可想像的是，這樣寂然不動的岩石裡，怎能迸出花來呢？

如何那枯瘠的皴枝中竟鎖有那樣多瑩光四射的花瓣？以及那麼多日後綠得透明的小葉子，它們此刻都在哪裡？為什麼獨有懷孕的花樹如此清奇蒼古？那萬千花胎怎會藏得如此祕密？

我幾乎想剖開枝子掘開地，看看那來日要在月下浮動的暗香在哪裡？看看來日可以欺霜傲雪的潔白在哪裡？它們必然正在齋戒沐浴，等候神聖的召喚，在某一個北風淒緊的夜裡，它們會忽然一起白給天下看。

隔著千里，王維能回首看見故鄉綺窗下記憶中的那株寒梅。隔著三、四十天的花期，我在枯皴的樹臂中預見想像中的璀璨。

於無聲處聽驚雷，於無色處見繁花，原來並不是不可以的！

神祕經驗

深夜醒來我獨自走到庭中。

四下是澈底的黑，襯得滿天星子水清清的。

好久沒有領略黑色的美了。想起托爾斯泰筆下的《安娜・卡列尼娜》，在舞會裡，別的女孩以為她要穿紫羅蘭色的衣服，但她竟穿了一件墨黑的，項間一圈晶瑩剔亮的鑽石，風華絕代。

文明把黑夜弄髒了，黑色是一種極嬌貴的顏色，比白色更沾不得異物。

黑夜裡，繁星下，大樹兀然矗立，看起來比白天更高大。

日本時代留下的那所老屋，一片瓦疊一片瓦，說不盡的滄桑。

忽然，我感到自己讓桂香包圍了。

一定有一棵桂樹，我看不見，可是，當然，它是在那裡的。桂樹是一種在白天都不容易看見的樹，何況在黑如松煙的夜裡。如果一定要找，用鼻子應該也找得到。但，何必呢？找到桂樹並不重要，能站在桂花濃馥古典的香味裡，聽那氣息在噫吐些什麼，才是重要的。

我在庭園裡繞了幾圈，又毫無錯誤地回到桂花的疆界裡，直到我的整個肺納甜馥起來。

有如一個信徒和神明之間的神祕經驗，那夜的桂花對我而言，也是一場神祕經驗。有一種花，你沒有看見，卻篤信它存在。有一種聲音，你沒有聽見，卻自知你了解。

當我去即山

我去即山，搭第一班早車。車只到巴陵（好個令人心驚的地名），要去拉拉山——神木的居所——還要走四個小時。

《可蘭經》裡說：「山不來即穆罕默德——穆罕默德就去即山。」

可是，當我前去即山，當班車像一隻無槳無楫的舟一路蕩過綠波碧濤，我一方面感到作為一個人或一頭動物的喜悅，可以去攀援絕峰，可以去橫渡大漠，可以去鶯飛草長或窮山惡水的任何地方，但一方面也驚駭地發現，山，也來即我了。

我去即山，越過的是空間，平的空間，以及直的空間。

但山來即我，越過的是時間，從太初，它緩慢的走來，一場十萬年或百萬年的約會。

當我去即山，山早已來即我，我們終於相遇。

張愛玲談到愛情，這樣說：

「於千萬人之中遇見你所遇見的人，於千萬年之中，時間的無涯的荒野裡，沒有早一步，也沒有晚一步，剛巧趕上了，也沒有別的話可說，唯有輕輕的問一聲：『噢，你也在這裡嗎？』」

人類和山的戀愛也是如此，相遇在無限的時間，交會於無垠的空間，一個小小的戀情締結在那交叉點上，又如一個小小鳥巢，偶築在縱橫交錯的枝柯間。

地名

地名、人名、書名，和一切文人雅居雖銘刻於金石，事實上卻根本不存在的樓齋亭閣都令我愕然久之。（那些圖章上的地名，既不能說它是真的，也不能說它是假的，只能說，它構思在方寸之間的心中，營築在分寸之內的玉石。）

中國人的命名恆是如此慎重莊嚴。

通往巴陵的路上，無邊的煙繚霧繞中猛然跳出一個路牌讓我驚訝，那名字是：

我站起來，不相信似的張望了又張望，車上有人在睡，有人在發呆，沒有人理會那名字，只有我暗自吃驚。唉，住在山裡的人是已經養成對美的抵抗力了，像韋應物的詩「司空見慣渾無事，斷盡蘇州刺史腸」。而我亦是脆弱的，一點點美，已經讓我承受不起了，何況這種意外蹦出來的，突發的美好。何竟在山疊山、水錯水的高絕之處，有一個這樣的名字。是一句沉實緊密的詩啊，那名字。

名字如果好得很正常，倒也罷了，例如「雲霞坪」，已經好得很夠分量了，但「雪霧鬧」好得過分，讓我張皇失措，幾乎失態。

紅杏枝頭春意鬧，但那種鬧只是閨中乖女孩偶然的冶豔。而雪霧糾纏，那裡面就有了天玄地黃的大氣魄，是乾坤的判然分明的對立，也是乾坤的混然一體的含同。

像把一句密加圈點的詩句留在詩冊裡，我把那名字留在山巔水涯，繼續前行。

謝謝阿姨

車過高義，許多背著書包的小孩下了車。高義國小在那上面。

在臺灣，無論走到多高的山上，你總會看見一所小學，灰水泥的牆，紅字，有一種簡單的不喧不囂的美。

小孩下車時，也不知是不是校長吩咐的，每一個都畢恭畢敬地對司機和車掌大聲地說：「謝謝阿姨！」「謝謝伯伯！」

在這種車上服務真幸福。

願那些小孩永遠不知道付了錢就叫「顧客」，願他們永遠不知道「顧客永遠是對的」的片面道德。

是清早的第一班車，是晨霧未晞的通往教室的小徑，是剛剛開始背書包的孩子，一聲「謝謝」，太陽靄然地升起來。

山水的巨帙

峰迴路轉，時而是左眼讀水，右眼閱山，時而是左眼披覽一頁頁的山，時而是右眼圈點一行行的水——山水的巨帙是如此觀之不盡。

作為高山路線上的一個車掌必然很怡悅吧？早晨，看東山的影子如何去覆罩西山，黃昏的收班車則看回過頭來的影子從西山覆罩東山。山徑只是無限的整體大片上的一條細線，車子則是千迴百折的線上的一個小點。但其間亦自是一段小小的人生，也充滿大千世界的種種觀照。

不管車往哪裡走，奇怪的是梯田的階層總能跟上來，中國人真是不可思議，他們硬是把峰壑當平地來耕作。

我想送梯田一個名字——「層層香」，說得更清楚點，是層層稻香，層層汗水的芬芳。

巴陵是公路局車站的終點。

像一切的大巴士的山線終站，那其間有著說不出來的小小繁華和小小的寂寞——一間客棧，一間救國團的山莊，一家兼賣肉絲麵和豬頭肉的票亭，幾家山產店，幾家人家，一片有意無意的小花圃，車來時，揚起一陣沙塵，然後沉寂。

公車的終點站是計程車起點，要往巴陵還有三小時的腳程，我訂了一輛車，司機是胡先生，泰雅爾人，有問必答，車子如果不遇山崩，可以走到比巴陵更深的深山。

山裡計程車其實是不計程的，連計程表也省得裝了，開山路，車子耗損大，通常是一個人或好些人合包一輛車。價錢當然比計程貴，但坐車當然比坐滑竿坐轎子人道多了，我喜歡看見別人和我平起平坐。

我坐在前座，和駕駛一起，文明社會的禮節到這裡是不必講求了，我選擇前座是因為它既便於談話，又便於看山看水。

車雖是我一人包的，但一路上他老是停下來載人，一會兒是從小路上衝來的小孩——那是他家老五，一會兒又搭乘一位做活的女工，有時他又熱心地大叫：

「喂，我來幫你帶菜！」

許多人上車又下車，許多東西搬上又搬下，看他連問都不問我一聲就理直氣壯地載人載貨，我覺得很高興。

「這是我家！」他說著，跳下車，大聲跟他太太說話。

天！漂亮的西式平房。

他告訴我那裡是他正在興蓋的旅舍，他告訴我他們的土地值三萬一坪，他告訴我山坡上哪一片是水蜜桃，哪一片是蘋果……

「要是你四月來，蘋果花開，哼！……」

這人說話老是讓我想起現代詩。

「我們山地人不喝開水的——山裡的水拿起來就喝！」

「呶，這種草叫『嗯桑』，我們從前吃了生肉要是肚子痛就吃它。」

「停車，停車。」這一次是我自己叫停的，我仔細端詳了那種草，鋸齒邊的尖葉，滿山遍野都是，從一尺到一人高，頂端開著隱藏的小黃花，聞起來極清香。

我摘了一把，並且撕一片像中指大小的葉子開始咀嚼，老天！真苦得要死，但我狠下心至少也得吃下那一片，我總共花了三個半小時，才吃完那一片葉子。

「那是芙蓉花嗎？」

我種過一種芙蓉花，初綻時是白的，開著開著就變成了粉的，最後變成淒豔的紅。我覺得路旁那些應該是野生的山芙蓉。

「山裡花那麼多，誰曉得？」

車子在凹凹凸凸的路上，往前蹦著。我不討厭這種路——因為太討厭被平直光滑的大道把你一路輸送到風景站的無聊。

當年孔丘乘車，遇人就「憑車而軾」，我一路行去，也無限歡欣地向所有的花，所有的蝶，所有的鳥以及不知名的蔓生在地上的漿果行「車上致敬禮」。

「到這裡為止，車子開不過去了，」司機說：「下午我來接你。」

山水的聖諭

我終於獨自一人了。

獨自一人來面領山水的聖諭。

一片大地能昂起幾座山？一座山能湧出多少樹？一棵樹裡能祕藏多少鳥？一聲鳥鳴能婉轉傾洩多少天機？

鳥聲真是一種奇怪的音樂——鳥愈叫，山愈幽深寂靜。

流雲匆匆從樹隙穿過——雲是山的使者吧——我竟是閒於閒雲的一個。

「喂！」我坐在樹下，叫住雲，學當年孔子，叫趨庭而過的鯉，並且愉快地問它，「你學了詩沒有？」

並不渴，在十一月山間的新涼中，但每看到山泉我仍然忍不住停下來喝一口。雨後初晴的早晨，山中轟轟然全是水聲，插手入寒泉，只覺自己也是一片冰心在玉壺。而人世在哪裡？當我一插手之際，紅塵中幾人生了？幾人死了？幾人灰情滅慾大澈大悟了？

剪水為衣，摶山為缽，山水的衣缽可授之何人？叩山為鐘鳴，撫水成琴絃，山水的清音誰是知者？山是千繞百折的璇璣圖，水是逆流而讀或順流而讀都美麗的迴文詩，山水的詩情誰來管領？

視腳下的深澗，浪花翻湧，一直，我以為浪是水的一種偶然，一種偶然攪起的激情。但行到此處，我忽竟發現不然，應該說水是浪的一種偶然，平流的水是浪花偶爾憩息時的寧靜。

同樣是島，同樣有山，不知為什麼，香港的山裡就沒有這份雲來霧往、朝煙夕嵐以及千層山萬重水的故國韻味。香港沒有極高的山，極巨的神木。香港的景也不能說不好，只是一覽無遺，坦然得令人不習慣。

對一個中國人而言，煙嵐是山的呼吸，而拉拉山，此刻正在徐舒地深呼吸。

在

小的時候老師點名，我們一一舉手說：

「在！」

當我來到拉拉山，山在。

當我訪水，水在。

還有，萬物皆在，還有，歲月也在。

轉過一個彎，神木便在那裡，在海拔一千八百公尺的地方，在拉拉山與塔曼山之間，以它五十四公尺的身高，面對不滿五呎四吋的我。

他在，我在，我們彼此對望著。

想起剛才在路上我曾問司機：

「都說神木是一個教授發現的，他沒有發現以前你們知道不知道？」

「哈，我們早就知道啦，從作小孩子就知道，大家都知道的嘛！它早就在那裡了！」

被發現，或不被發現，被命名，或不被命名，被一個泰雅爾族的山地小孩知道，或被森林系的教授知道，它反正在那裡。

心情又激動又平靜，激動，因為它超乎想像的巨大莊嚴。平靜，是因為覺得它理該如此，它理該如此妥貼地拔地擎天。它理該如此是一座倒生的翡翠礦，需要用仰角去挖掘。

路旁釘著幾張原木椅子，長滿了蘚苔，野蕨從木板裂開的瘢目間冒生出來，是誰坐在這張椅子上把它坐出一片苔痕？是那叫做「時間」的過客嗎？

再往前，是更高的一株神木叫復興二號。

再走，仍有神木，再走，還有。這裡是神木家族的聚居之處。

十一點了，秋山在此刻竟也是陽光炙人的，我躺在復興二號下面，想起唐人的傳奇，虬髯客不帶一絲邪念臥看紅拂女梳垂地的長髮，那景象真華麗。我此刻也臥看大樹在風中梳著那滿頭青絲，所不同的是，我也有華髮綠鬢，跟巨木相向蒼翠。

人行到復興一號下面，忽然有些悲愴，這是胸腔最闊大的一棵，直立在空無憑依的小山坡上，似乎被雷殛過，有些地方劈剖開來，老幹枯敗蒼古，分杈部分卻活著。

怎麼會有一棵樹同時包括死之深沉和生之愉悅！

那樹多像中國！

中國？我是到山裡來看神木的，還是來看中國的？

坐在樹根上，驚看枕月衾雲的眾枝柯，忽然，一滴水，棒喝似的打到頭上。那枝柯間也有漢武帝所喜歡的承露盤嗎？

真的，我問我自己，為什麼要來看神木呢？對生計而言，神木當然不及番石榴樹，而番石榴，又不及稻子麥子。

我們要稻子，要麥子，要番石榴，可是，令我們驚訝的是我們的確也想要一棵或很多棵神木。

我們要一個形象來把我們自己畫給自己看，我們需要一則神話來把我們自己說給自己聽：千年不移的真摯深情，閱盡風霜的泰然莊矜，接受一個傷痕便另拓一片蒼翠的無限生機，人不知而不慍的怡然自足。

樹在。山在。大地在。歲月在。我在。你還要怎樣更好的世界？

適者

聽慣了「物競天擇，適者生存」使人不覺被繃緊了，彷彿自己正介於適者與不適者之間，又好像適於生存者的名單即將宣布了，我們連自己生存下去的權利都開始懷疑起來了。

但在山中，每一種生物都尊嚴地活著，巨大悠久如神木，神奇尊貴如靈芝，微小如陰暗岩石上恰似芝麻點大的菌子，美如鳳尾蝶，醜如小蜥蜴，古怪如金狗毛，卑弱如匍伏結根的蔓草，以及種種不知名的萬類萬品，生命是如此仁慈公平。

甚至連沒有生命的，也和諧地存在著，土有土的高貴，石有石的尊嚴，倒地而死無人憑弔的樹屍也縱容菌子、蕨草。蘚苔和木耳爬得它一身，你不由覺得那樹屍竟也是另一種大地，它因容納異己而在那些小東西身上又青青翠翠地再活了起來。

生命是有充分的餘裕的。

在山中，每一種存在的都是適者。

忽然，我聽到人聲，胡先生來接我了。

「就在那上面，」他指著頭上的岩突叫著，「我爸爸打過三隻熊！」

我有點生氣，怎麼不早講？他大概怕嚇著我，其實，我如果事先知道自己走的是一條大黑熊出沒的路，一定要興奮十倍。可惜了！

「熊肉好不好吃？」

「不好吃，太肥了。」他順手摘了一把野草，又順手扔了，他對逝去的歲月並不留戀，他真正掛心的是他的車，他的孩子，他計畫中的旅館。

山風跟我說了一天，野水跟我聊了一天，我累了。回來的公路局車上安分地憑窗俯看極深極深的山澗，心裡盤算著要到何方借一支長瓢，也許長如杓子星座的長瓢，並且舀起一瓢清清冽冽的泉水。

有人在山跟山之間扯起吊索吊竹子，我有點喜歡作那竹子。

回到復興，復興在四山之間，四山在金雲的合抱中。

水程

清晨，我沿復興山莊旁邊的小路往吊橋走去。

吊橋懸在兩山之間，不著天，不巴地，不連水——吊橋真美。走吊橋時我簡直有一種走索人的快樂，山色在眼，風聲在耳，而一身繫命於天地間游絲一般的鐵索間。多麼好！

我下了吊橋，走向渡頭，舟子未來，一個農婦在田間澆豌豆，豌豆花是淡紫的，很細緻美麗。

打穀機的聲音不知從何處傳來，我感動著，那是一種現代的舂米之歌。

我要等一條船沿水路帶我經阿姆坪到石門，我坐在石頭上等著。

烏鴉在山岩上直嘎嘎地叫著，記得有一年在香港碰到王星磊導演的助手，他沒頭沒腦地問我：

「臺灣有沒有烏鴉？」

他們後來到印度去弄了烏鴉。

我沒有想到在山裡竟有那麼多烏鴉，烏鴉的聲音平直低啞，絲毫不婉轉流利，牠只會簡單直接地叫一聲：

「嘎——」

但細細品味，倒也有一番直抒胸臆的悲痛，好像要說的太多，愴惶到極點反而只剩一聲長噫了！

烏鴉的羽翅純黑碩大，華貴耀眼。

船來了，但乘客只我一人，船夫定定地坐在船頭等人。

我坐在船尾，負責邀和風，邀麗日，邀偶過的一片雲影，以及夾岸的綠煙。沒有別人來，那船夫仍坐著。兩個小時過去了。

我覺得我邀到的客人已夠多了，滿船都是，就付足了大夥兒的船資，促他開船。他終於答應了。

山從四面疊過來，一重一重地，簡直是綠色的花瓣——不是單瓣的那一種，而是重瓣的那一種——人行水中，忽然就有了花蕊的感覺，那種柔和的，生長著的花蕊，你感到自己的尊嚴和芬芳，你竟覺得自己就是張橫渠所說的可以「為天地立心」的那個人。

不是天地需要我們去為之立心，而是由於天地的仁慈，他俯身將我們抱起，而且剛剛好放在心坎的那個位置上。山水是花，天地是更大的花，我們遂挺然成花蕊。

歷史。

回首群山，好一塊沉實的紙鎮，我們會珍惜的，我們會在這紙張上寫下屬於我們的

後記

一、常常，我仍想起那座山。

二、冬天，我再去復興山莊，狠狠地看了一天的梅花。

三、夏天，在一次出國旅行之前，我又去了一次拉拉山，吃了些水蜜桃，以及山壁上傾下來的不花錢的紅草莓。夏天比秋天好的是綠苔上長滿十字形的小紫花，但夏天遊人多些，算來秋天比夏天多了整整一座空山。

畫中人

那夜，你俯身在絲絨大沙發的椅背上，望著我，很艱難地說：

「你們——你們——你們就——」

地毯平舒潔淨，絲絨沙發像夏夜空氣一般柔和，草坪在落地窗外綠著，星在天上懸著，我不知道你為什麼囁嚅著說不出話來。

「你們就——就——就還是，這樣，住在臺灣嗎？」

我的血嘩一聲捲起，撲下，好一道浪頭！我聽明白你的話了，並且也知道你為什麼說得那麼艱難，甚至，你由於善意而不忍出口的話是什麼，我也知道了。

那天晚上，你真正要說的是：

「老朋友，我不懂你為什麼一直住在臺灣，你看，中國人在美國，也可以混得跟我一樣好，在上流的社區裡，買一幢不錯的房子，有個不錯的職業，讓孩子讀不錯的學校。你為什麼一直住在那個小島上？」

「你知道那個島多麼小，你知道那個島只是中國大陸的三百分之一，你知道越南寮國高棉都完了，你知道馬來西亞跟泰國也遲早難保，你知道你在那裡並不安全，你不想把自己弄出來嗎？萬一，萬一……」

應該感謝你的關懷，否則你不會在那樣不眠的深夜裡這樣問我。

也應該感謝你的忠厚，因為有些話，雖然明明在你的眼睛裡，你卻怕傷害了我而不願說出口。

我沒有被傷害——因為很久以來我已經暗自決定我一定不要作一個容易受傷害的人。

「我們還是住臺灣，」我以為我會哭，或者會仰天大笑。但沒有，我只是以那樣平靜的，小聲的，甚至有幾分艱澀的聲音緩緩地說：「我們的原則很簡單，上帝既然把我們造成一個中國人，我們就選擇住在中國的土地上。」

就像松樹昂立在松樹林裡，蘆荻生根在蘆荻叢中，一個中國人生活在中國的土地上難道不是最自然的事嗎？這件事，既不需要善意的憐憫同情，也不需要被人當烈士似的崇敬。

● 少年時，讀夐虹年輕時代的詩：

當我赤足走過風雪
你是畫外的人
正觀賞那茫茫的景致

當時只覺得詩中有千般淒涼，少年時看什麼詩都是情詩。但如今，芒鞋踏盡天涯路，兩袖征塵中重來辨認那句子，依然覺得那是情詩。不同的是，少年時看它是男女之情，如今看它是酸極痛極的家國之思。

● 我是那畫中人，站在固定的時間和空間裡，我是「風雨歸牧」圖，我是「寒江獨釣」圖，我是「谿山萬里」圖，我不能走開，我有一片風景要完成。沒有人規定我，但我不能走開，因為我已經屬於那片天光雲影。你可以走開，如果你是畫外的人。

●

有一次，在美國南方旅行，照例寄住在別人家裡，倦旅之餘，清晨醒來，窗前青草豐軟，綠漫漫地齊眉直漲上來，漲得我不敢逼視，院外遠方是維吉尼亞漂亮的細高的群樹，我一時不知是夢是真，那一切，祥和寧靜得令人心酸，我忽然流了一臉的淚。美國是可愛的，一幢幢房子嵌在厚厚綠綠的草坪中間，美好有如童話，拒絕紐約的摩天樓很容易，但那樣廣大純潔的草坪，朝陽下閃爍晶瑩看來有如露水的養珠場，看來卻讓人難捨。人生不應該是這樣的嗎？與戰爭絕緣，與貧困絕緣，人生本來不就應該是這樣的嗎？

我流淚，因為我知道，我愛它，我感到它的美麗，我知道那是我疲倦焦苦的靈魂渴望休憩的地方，但我更知道，此生此世我不要留下來。絕對絕對不要留下來。

我回到沒有草坪的臺北公寓裡。

如果有人在海峽那邊嚎哭，我雖不能伸長臂去擦乾他們的淚水，但我要坐在一個貼近他們的位置。

如果有人的逃生船在大浪的尖齒中被咬裂，我雖不能捨身相救，但我要滿懷敬意地聽他們最後的心跳，感受他們最後的呼吸。

如果有人執戟而戍守，我雖不能與他同其行伍，但我要注視著他鎗上的準星座，如同他是我的父兄或子弟。

如果有人在建設一塊土地，如果有人在樹立中國的尊嚴，如果有人在簡簡單單地想讓大家吃得更好穿得更好住得更好，我不能原諒我自己不在其中。

我是那畫中人，屬於東方，屬於中國的一張畫。

瀟灑不再是我的權利，只有「畫外人」才能瀟灑，因為他無所歸屬。作為一個畫外人，可以說：

「你們臺灣……」

「他們大陸……」

「我們在美國……」

●

老朋友，一別十七年，我並不想查看你拿的是本國護照還是美國公民證，今夕何夕，我沒有意思跟你談政治。知道你生活得很好，知道你關懷我們，知道你心中還叨唸著哺育你成長的土地，已經夠了。只要看到你把孩子趕去睡了之後大談了師大牛肉麵，已經很夠很夠了！

只是，你問了那樣的問題：

「你……還是住在臺灣嗎？」

像古老年代中的比武英雄，輕輕地不著痕跡的一交鋒，便彼此感到五內俱裂的震顫。我們彼此觸到最痛的地方了。

我還住在臺灣，如果它是萬千農人可以住的地方，如果它是萬千工人和漁民可以住的地方，如果它是一千七百萬人（二〇一四年的人口為兩千三百萬）可以住的地方，它也是一個在這裡接受小學中學和大學教育的人，如我，可以住的地方。它不是安全的，它從來也沒有安全過，但是憑什麼我要走開？沒有人能確知這世界上哪一個角落是最安全的，但我知道我們會活得有其應有的尊嚴。

我們是畫中人，赤足行過風雪。

而某些人卻伸出指指點點的手，在空氣調得適度的屋子裡，戴著絲質的白手套，他們是畫外人。

●

你敢賭嗎？我敢。我知道臺灣會熬得下去，在隔著海峽的對峙中，我們會贏，在倫敦或者在巴黎的機場，你看見有一群中國人，穿著新做的而又土氣的衣服，以羨慕的，羞怯的眼光望過來。於是，你抑壓著自得的驕傲，溫和地望回去，在那簡單的目光的交會裡，一言不發，你卻知道，你贏了。臺灣贏了。

但是，我並不是由於知道臺灣會贏所以選擇住在臺灣，只能說，我選擇了臺灣，所以知道它會贏。

只是一個不信邪的人，只是一個不服輸的人，只是一個敢跟人鬥一口氣到底的人，只是一個咬著牙赤足行過風雪的畫中人。

你問我嗎？我，還是住在臺灣。

——選自《再生緣》

情塚——記印度阿格拉城泰姬瑪哈陵

要去印度了，心情有點像十六、七歲的女孩，知道前面有一場驚心動魄的戀愛，那人的粗細長短似乎並不重要，重要的是，我要談戀愛了，這是大事，極慎重極興奮，是祕密的隱私，卻又恨不得昭告天下。當時搜了一堆參考書，竟又偏偏不去看，因為喜歡留幾分茫然和未知。

「啊，可以看到一些佛教古蹟吧！」

有朋友如此說，我笑笑。

「可以看看印度教的藝術！」

更內行的朋友如此說，我也笑笑。

至於我要在印度看到什麼，自己也說不上來。好似王寶釧站在彩樓上，手裡握一隻繡球，想要丟給一個叫薛平貴的男人，而薛平貴又是誰呢？一個遠方的流浪人？一個在幻象中紅光護體讓人誤以為花園失火的人？不知道，但知繡球落處，一切一定是好的——因為我相信它是好的。

●

及至到了印度，才驀然發現，許多讓人流連的古蹟，既不是佛教的，也不是印度教的，而是回教的。從十七世紀到十九世紀，蒙兀兒帝國一直統治著印度，這其間，印度本土的神雕斷頭折臂斬腰削鼻不一而足，總之連神帶廟，給弄得七零八落。至於回教自己在失勢以後留下的建築，因為印度教佛教沒有那麼強烈的排他性，倒很幸運地都一一保留了。而回教徒一向又有潔癖，古蹟保持得相當完好，「阿格拉」古城就是如此。

阿格拉幾乎是蒙兀兒帝國時期的「副都」（正式首都在德里），天氣乾燥，土質多砂，倒有幾分具體而微的大漠景觀。不知是此城的天然環境較近沙漠，容易引起蒙古人的鄉愁，所以會有許多位蒙兀兒皇帝都來建造它？或是因為這城既被許多蒙兀兒帝王所鍾愛，久而久之，竟也很知禮地把自己歸順為大漠景觀以求回報？總之，這城市和其他濕熱的城硬是不同。

飛機到了城市上方，俯首一看，毫不費力地就看到泰姬瑪哈陵墓在下午的陽光中兀自白著。彼此一照面，雖各自一驚，卻不肯就此洩了底，只兩下裡靜靜打量不語。還有兩天呢！我要好好看看它，此刻先不急。

旅館是美式的，前面停著計程車、三輪車、馬車和駱駝、大象，這一切交通工具都等著要把客人往陵墓帶去。想著這麼大這麼新這麼漂亮的一家旅館，一年三百六十五天，日日住著想要去一窺泰姬瑪哈陵墓的人，不能不說是一奇。旅舍中人去探陵墓中人，而旅舍難道不也是陵墓嗎？陵墓難道不也是旅舍嗎？想著想著，忽然迷糊了。

我的房間裡除了正常的兩張床以外，緊靠大片落地窗有一張做八角形設計貼地而做的床，周圍繞以矮矮的有圖案的木欄杆。所謂床，其實只是圍著欄杆的軟墊，上面放一個圓柱形的枕頭。

「為什麼要有這樣一種床呢？」我問提著行李在等小費的侍者。

「這是蒙兀兒式的床。這裡常常會有回教國家的人來住呢！」

蒙兀兒，這名字倒是聽過，但自己的屋子裡跑出一張蒙兀兒床，感覺又拉近多了。

我忙不迭地脫了鞋爬上「蒙兀兒」式的床，抱膝看落地窗外的草坪和花園。蒙兀兒，奇怪，蒙兀兒分明是帖木兒的五世孫在阿富汗、印度一帶所建的帝國，帖木兒本人又是元室的一支，想來中國人和蒙兀兒國也不是完全非親非故了，如果不是十九世紀英國人入侵，現在印度也許仍是蒙兀兒帝國，那又是怎樣一番景象呢？落地窗外紅花綠草兀自低迷。

●

晚飯前，我們去趕一趟「夕陽下的泰姬瑪哈陵」。

資料上都說泰姬瑪哈陵是純白色的大理石造的，其實不然，天然的東西總難得有百分之百的純白。照我看，它的好處正在某些石塊的微灰微紅微棕所造成的立體而真實的感覺，如果每塊石頭都純白不二，恐怕看起來反而會平板呆滯，有如一張大型照片。

黃昏很合作，適度的霞光把四野攏在水紅色的餘韻裡。正對著陵墓的大門前是一列幾百公尺長的水池，一條不可踩踏的琉璃甬道。看到這裡，才知道美國林肯紀念堂前的那一池水光是從哪裡偷來的。而且仔細一想，連白宮都有了嫌疑，白宮太有可能是從這「世界七大奇工」之一的陵墓偷去的構想，至少那份「白」，和那圓頂就有點難以抵賴。

大抵看墓園，最宜在黃昏，日影漸暗之際，歸鳥投樹之時，聲漸寂而色漸沉，只丟下你和墓，相對坐參「死亡」的妙諦。而後，天忽然黑了，你不知道幽靈此刻等著去安息，或是去巡遊，心中有一份切膚的淒楚。

因為貪看天光的變換，捨不得到陵墓裡面去，只繞著整棟建築，看那敦實的圓頂，看那些門框上看不懂的由花色石頭嵌成的《可蘭經》文。

「哈囉，你們為什麼不進去看？」有幾個貼牆而坐的男孩閒閒地說。

「我們沒有時間。」不知道是不是由於習慣，我們順口這樣回答。

「哼！沒有時間！」有個男孩幾乎有點氣了，「你們花了幾萬塊錢，老遠跑到這裡來，來到這裡卻不肯進去看，還說『沒有時間』！」

「啊，今天晚了，」我們忙著解釋：「明天我們會再來看。」

「明天！明天和今天是不一樣的！」他的語氣一半憤然，一半不屑。

我們出其不意地挨了一場罵，但因為喜歡他的自豪和霸道，都乖乖地閉了嘴敬聆教益。其實世間景物何曾有一瞬相同？早晨是行雲的，夜來可能是山雨，百千年前的滄海此刻可能是桑田，曾經四足行走的那個奇怪生物，此刻已歷經二足行走的階段而進入三足行走的末程。世間何嘗有一物昨日今日可做等觀，那男孩畢竟是太年輕了，弱水長流，我只能盡一瓢飲，世界大千，我只能做一瞬觀。我雖一向貪山嗜水，恨不能縱雲蹈海，但也自知人力有時而窮，玩到力竭處，也只能拿《牡丹亭》裡小丫頭春香的一句戲詞自慰，所謂：「這園子委實觀之不足——留些餘興，明日再來耍子吧！」

人生能盡興處便盡興，不能盡興則留此餘興，但這些話太繁複，沒法一一講給那年輕的男孩聽，且留他在暮色裡獨自憤然。能愛自己的景觀愛到生氣的程度，這人已夠幸福，讓他去生甜蜜的氣吧！

暮色極深了，我們走不了三步就忍不住要一回頭去看那建築，遠遠只見陵寢內有一枝隱約的蠟燭搖曳的微光。整個建築俯下身來護住那一點火光，像一隻溫暖的白色的大燈籠。

●

泰姬瑪哈陵晚上不開放，但月圓前後四天例外，因為月下的陵寢又有一番玉瑩的光澤。回教徒給人的印象雖每每失之太強項，但他們對月亮卻獨有深情，可惜我們沒有算準時候，此刻尚是月牙時期。想來想去，等到月圓之夜來夜遊泰姬瑪哈陵是不可能了，只好自己加一段行程——在睡眠中去魂思夢想吧，月不圓之夜，對夢訪者，那扇門應該仍是開放的。

●

凌晨絕早，我和南華趕在朝陽之前，又跑到陵墓去。心情竟有點小兒心態，一夜都急得睡不穩。排隊買了第一張票，一走進紅砂岩的門樓，只見將醒未醒的一棟古陵墓，在藍天綠草之間兀然巍立。多奇怪的石宮，昨日初見，不覺生分，今日再訪，亦不覺熟稔。它是蓋給死者的，卻讓生者目授神移，它是用石頭建成的，卻又柔於春水柔於風。

我和南華坐在石板地上，晨涼中痴痴地看那穆然的殿宇，癲狂就癲狂吧，如果要我看長城，我也有足夠的痴情和癲狂啊！但長城萬里，沒有一寸為我而逶迤，我只能看泰姬瑪哈的墓，它們同是世上的奇工，就讓我像故事中崔鶯鶯說的「還將舊來意，憐取眼前人」吧！

（小小的翠羽的鳥兒，急速地從一棵樹飛投到另一棵樹上去，每一棵樹都很碧綠很豐美啊，你們還挑來揀去幹什麼呢？你們叫什麼名字？我叫你們作「樹的電波」好嗎？你們必是那些綠色的樹所放出來的綠色長波短波吧？）

本來以為絕早之際，不會有遊客，不料卻有跟我們一樣早的人絡繹而來。令人感動的是其中大多數並不是東洋或西洋觀光客，而是來自四鄉的，結隊成群的錫克族人，錫克人照例頭上纏一塊布，上身或著汗衫或赤裸，下身又是一塊纏布，不知怎麼纏的，竟纏成燈籠褲的形式，腕上戴錫環，而且，像約好了似的，大家一律長得又高又瘦又黑，這世界上幾乎大多數的「漂亮地方」都是外國觀光客的天下，但這些顯然並不有錢的本土錫克族人卻跋涉而來，要看看自己回教世界裡無限莊嚴的陵宮，這景象跟我常在故宮博物院看到中國小孩東張西望顧盼自雄的神采一樣令人生敬。

●

這是一個怎樣的早晨，一群遠自臺灣出發的中國女子，來看蒙兀兒王朝五世國王沙傑汗國王的愛妻泰姬瑪哈的陵墓。我們也身為人妻，也為某個男人所愛寵，我們一方面是來看這世上極雄奇的建築，我們同時也來看這個一如尋常夫妻的平凡的愛情故事。

陵宮臨河，河名朱穆拿，是恆河的一支，隔河是舊皇宮，以及猛虎為守的古堡。朱穆拿河在皇城一帶是勇壯的護城河，但在陵宮之下卻流成一首溫婉的情歌，低低的，怕驚動了什麼似的往前淌去。

世上多的是偉大的工程，但大多跟宗教、國防、炫奇矜能有關。金字塔當然足以令人歎服，以弗所的黛安娜月神廟也令人肅然，但看泰姬瑪哈陵卻令人心潮湧動，如黃河化冰，澌澌有聲，看大匠奇工，竟能令人悄然淚下的，世間恐怕只此一處。

龐大的陵墓何處沒有？秦始皇的陵寢光看數字已令人跌足而嘆！那規模那裡是墳墓，根本就是一個城市，但泰姬瑪哈陵卻是一個丈夫獻給妻子的愛，只此一點，便足千古。

早晨仍然清涼，我和南華仍然發痴一般的遠遠地坐著，慢慢地遙讀每一塊石頭，每一片鑲嵌，想三百七十年前的一代風華。據說這是沙傑汗王子和蒙泰慈·瑪哈王妃初遇的地方，她原來的名字是「皇城之榮」的意思。她十九歲出嫁，過了十九年的婚姻生活，其中十七年是王妃，兩年是王后，生了十四個孩子，卻夭折了七個，最後生完一個女兒，便在隨夫南征的營帳中死去。想來作貴夫人也大不易，如果說「半生憂患」，倒也是實情，而沙傑汗對她的深情，恐怕也是在這番轉戰南北，相攜相伴的尋常百姓的夫妻之義而來的吧？細味「尋常夫妻」四字，只覺得有餘不盡。

陵宮並不極高，兩百五十英尺，約等於二十層大廈而已。四角遠遠的有四座同質料的石塔，算是祈禱塔，看來陵宮是被祈禱所環護的。石塔用肉眼稍微仔細看立刻可以發現與地面並不做九十度垂直，而是稍稍向外側傾斜。這些細微處一看便知道是一個體貼入微的好情人設計的。他怕年代湮久，石塔傾圮，所以預先在設計上把它向外斜出，即使有一日，地老天荒，石崩塔壞，也不致向內壓倒，驚動陵寢中那美麗女子的睡睫。

一個極小的男孩，正正經經目不斜視地往前走去，那麼小的孩子竟有那麼肅然的表情，我幾乎想笑，但終於沒笑出來，只凝神看他一路走向陵宮。他將成長為一個怎樣的印度少年呢？他也會是一個「情之所鍾，正在我輩」的人嗎？人間的愛情能一脈相傳嗎？世上多的是偉大的史冊，堂皇的建築，但泰姬瑪哈的建築卻是秀麗而深情的，小男孩啊，你看懂了什麼，你記取了什麼？

泰姬死於一六三〇年，陵宮自一六三二年蓋到一六五三年，每天動用工人兩萬，其間曾因政治局勢而停工一段時間。沙傑汗死於一六六六年，三十六年的鰥居就國王來說是一件奇怪的事。那是一個月夜，那年他已七十五，愛情卻猶自溫熱，據說他臨終時從古堡的病榻上支起病體，遙望朱穆拿河對岸的月光下的泰姬瑪哈陵最後一眼，方始嚥氣。

他們合葬在一起，國王的墓尺寸上稍大一點，但他早已把中線的位置留給愛妻了，他自己像一個因事晚睡的丈夫，輕輕地蜷在一旁休息，這一側臥，便是三百年歲月。不管人間幾世幾劫，他們只一逕恬然入夢。

聽故事的人常常聽到的是沙傑汗的愛情，一首國王和王后的戀歌，但泰姬瑪哈陵其實是一則雙料的愛情故事。沙傑汗雖貴為國王，畢竟不是建築大匠，當年喪妻，一心雖想造一個好陵寢，卻又不知如何著手。當時剛好有一位建築師來獻圖，整個設計雖大體仍沿著回教建築的圓頂和塔柱的基型，但是他敢於建議用白色大理石代替舊式建築的紅砂岩，在比例上也做得勻稱完美，沙傑汗終於決定採用他的設計。

而那位建築師，我們所不曾聞名的一位，為什麼能有那麼細膩美麗的設計呢？原來，他當時和沙傑汗一樣，同是喪妻的傷心人。一個有大匠之才的男人和另一個有權位在手的男人，兩人都拗不過命運，同時喪失了他們的妻子，但他們卻執拗地愛下去，兩個人合作完成了這項奇蹟。建築師的設計原來並不是給王后的，他是為他自己心中的王后，他的亡妻而設計的。雖然陵墓後來以泰姬瑪哈為名，但想來他自己的妻子卻必然帶著了解的微笑臨視每一根柔和的線條，她會說：「我知道你是為我做的，不管別人叫這墓為什麼名字，我愛啊！我知道，你是為我做的。」

那是一則雙倍份的，愛的故事。

在這裡，每一塊大理石和另一塊大理石之間是以愛情為黏合劑而架構起來的。

輕輕地走過，輕輕地傳述這古老的故事，不要驚起一則三百年前的愛情。

●

陵墓裡面到處飾以整片的鏤花石板，長寬各約五尺，看著實在覺得眼熟，有些分明是石榴或蓮花的圖案，石棺的周圍尤其明顯，除了必要的小入口，四下用這種石飾繞得有如一圈石籬笆。

「這些雕刻，當時都是從中國請來的藝術家雕的！」導遊說。

怪不得看著如此親切，算來當時是明朝了，不曉得是怎樣一批人千里迢迢來到印度作鏤花石匠。這種圖案分明是該用木頭刻的，他們卻硬把石頭當木頭來著刀，而且刻得如此亦娟秀亦剛健，實在令人愛不釋手。作個沒學問的人真好，因為永遠遇到意外，跑來印度看到回教藝術自己已覺得十分可驚可奇，及至在王后陵寢中又發現中國匠人的手跡更是瞠目結舌，乍悲乍喜。

墓穴分兩層，上面一層是「虛墓」，下面一層才是「實墓」，（另有一說謂真正的墓還要再掘地數丈。）不過那種事對我而言不具意義，那是考古學家和盜墓者的事。

墓前坐著守墓人，一燈如豆，他不時長嘯一聲來表示陵墓設計上的回聲之美，回教世界的音樂別有一番淒緊扣人的魔力，我在迴廊中轉來轉去，聽回聲盤旋而上，如果中國詩人相信鳥鳴可以使深山更幽靜，則這串吟嘯想來也可以使陵墓更肅穆莊嚴吧！

●

太陽漸漸升高，整個墓宮也由凌晨的若有若無的瑩白色轉變成為剛烈的金屬白。當年建材的選用真是高明，簡直有點道家的意味，以不設色為色，結果竟反而獲致了每一種顏色，時而是晨霧牽紗，時而是夕陽浴金，陰晦時有含煙的溫柔，晴朗時有明豔的亮烈。天空藍中帶紫，謙遜沉著，彷彿它的存在，只為給泰姬瑪哈陵做一面襯景。已經五個小時了，我和南華移坐在石塔的陰影裡，依然目不轉睛地望著那不朽的美。

手邊有一本印得很粗陋的明信片，上面引了幾位詩人的句子，這種題詠，總是顯得吃力不討好，有一位烏都詩人（烏都是印度的主要種族之一）說：

「好像沸騰（冒泡）的牛奶湖。」

另外一個印度詩人說：

「以皎柔的月光築成的仙境。」

和真正的泰姬瑪哈陵相比，那些詩句顯得笨拙而又多事。

「別人怎麼說，我不管，我說，」導遊一副志得意滿的樣子，「泰姬瑪哈陵像一顆愛的眼淚的結晶。」

他說完，等著大家鼓掌，我們鼓了，心裡卻不甚甘心，因為覺得也沒什麼大好處。其實說泰姬瑪哈陵「像什麼」是徒勞無功的，它什麼都不像，它是它自己，無可比擬，而且，也不必比擬。它清清楚楚說明了兩個男人的悼念之忱，使人想見當年兩個早逝妻子的清純可愛。

「你們喜歡泰姬瑪哈嗎？」導遊像考小學生一樣問大家。

「世上所有的女人都會喜歡泰姬瑪哈的故事！」我說。

一個印度女人擦身而過，她穿著一身湖綠色的紗質「沙利」，真正的「其人如玉」，微風動處，「如玉」的裙裾又復變得「似水」。而當年的泰姬又是怎麼的風情呢？十九歲初嫁，朱穆拿河裡曾經鑑照一雙怎樣的璧人！

●

再看一眼泰姬陵，再想一遍前因後果，以戀棧不捨的目光為花，再獻一束芬芳吧！泰姬，世間所有的女人，基本上是彼此知悉的，因此，容許我和你說話，像朋友一樣，泰姬，世間的萬千故事裡，如果少了你的這一則，將是多大的遺憾。

泰姬，希望在垂老之年未至以前，我能再看一次這陵墓，在月下，在雨中，在朝暾夕照間。

泰姬，幸福的女人，你使我明白，什麼叫做一個女人的幸福——而且，原諒我，當我赤足走在綠茵上（回教、印度教和佛教的廟堂都要求參觀者脫鞋），當我坐在石板上，當我穿過白花盛開馨香感人有如一卷經典的綠樹，當我叩響每一片大理石的清音，去遙想你隔穴的心情，我忽然為強大的幸福感所攫住，並且重新估計自己究竟擁有多少資產。

你盛年而死，我卻活著，並且很無賴地強迫丈夫要把一首叫〈白頭吟〉的歌練好，以待他年唱給我聽。

你雖身在世上最美的陵墓中，卻不及見其設計之典麗，嵌鑲之繁富，我卻千里而來，相對儼然，身在山中不見山，何如身不在山中而可以追煙捕嵐聽風觀樹。泰姬啊！一棺之隔，我原以為我要來嫉妒你的，而現在還是請你嫉妒我吧！

你活著的時候有僕從之盛，宮廷之富，我卻只有小小的公寓，和一畦「日日春」，種在綻紅送翠的陽臺。但我的那人卻說：「天地雖大，有一小塊地方卻屬於我們。」當紫薇和小茉莉相對各自紫其紫白其白，我愛宇宙間的這立錐之地遠勝皇苑。

泰姬，這樣的陵寢而今而後再也不會有了，這樣耗費一億多人次的大工程古來也可能只有這一座了。有一日，如果死亡走近我的屋簷，我們會束手請它先帶走它所寵眷的一位。如果它先帶去的是我的丈夫，我確知我的名字將是他口中最後的呢喃。如果被選中的是我，我也深信我的墓穴會是一座血色的紅寶石宮殿，（和你的白色系列成為多麼漂亮的對比啊！）紅而溫暖，在一個終生相隨的男人的寬闊胸膛中，中間而稍左，在那裡，我將側耳，聽我一生聽慣的調子，他呼吸的祈禱，他血行的狂濤——再也沒有比那更好的位置，宇宙的座標圖上最最溫柔的一個點。

泰姬！

——選自《再生緣》

想你的時候——寄亡友恩佩

泰國北部清萊省一個叫聯華新村的小山村，住著一些來自雲南的中國難民。

白天，看完村人的病，夜晚，躺在小木屋裡。吹滅油燈的時候，馬教士特意說：

「晚安，你留意看，熄燈以後滿屋子都是螢火蟲呢！」

吹燈一看，果然如此，我驚訝起坐，戀戀地望著滿屋子的閃爍，竟不忍再睡。

比流星多芒，流星一閃而隕滅，螢光據說卻是求偶的訊號，那樣安靜的傳情啊。

比群星燦然，因為螢光中多一分綠意，彷彿是穿過草原的時候不小心染綠的。

我擁被而坐，看著那些光點上下飄忽，心中又是歡喜，又是悵然。

想人生一世，這曾經驚過、懼過、喜過、怒過、情過、慾過、悲過、痛過的身子，

到頭來也是燐火瑩碧，有如此蟲吧？我今以旅人之身，在遙遠異域的長夜裡看螢度熠

耀，百年後，又是誰在荒煙蔓草間看我骨中的螢焰呢？

這樣的時刻，切心切意想起的，也總是你。

如果你仍在世，螢火蟲的奇遇當足以使你神馳意遠。如果你也知道這小小的貧瘠的山村，山村中流離的中國人，你會與我同聲一哭。而今呢？大悲慟與大驚喜相激如潮生的夜裡，感覺與你如此相近而又如此相遠，相近是因二十年的緣分，相遠是因為想不明白死者捨世以後的情懷。

在受迫害時期，中國大陸的基督徒有一首流傳的詩，常令我淚下，其中一段這樣說：

天上雖有無比榮耀的冠冕
但無十字架可以順從
祂為我們所受一切的碾磨
在地，才能與祂溝通（原文作交通）
進入「安息」就再尋不到「渡境」
再無機會為祂受苦

再也不能為祂經過何試煉
再為祂捨棄何幸福

●

是不是只有此生此世有眼淚呢？此時此際，如果你我撥雲相望，對視的會皆成淚眼嗎？如果天上有淚，你必為此異域孤子而同悲吧！

如果天上無淚，且讓我在有生之年把此民族大慟一世灑盡，也不枉了這一雙流泉似的眼睛！

●

檀香扇總讓我想起你，因為它的典雅芳馨。

有一年夏天，行經芝加哥，有一個女孩匆匆塞給我一柄扇子，就在人群中消失了。回去打開一看，是一柄深色的鏤花檀香扇。我本不喜歡擁有這種精緻的東西，但因為總記得陌生的贈者當時的眼神，所以常帶著它，在酷熱的時候為自己製造一小片香土。

但今夏每次搖起細細香風的時候，我就悵悵地想起你。

那時候，你初來臺灣不久，住在我家裡，有一天下午，你跑到我房間來，神祕兮兮地要我閉上眼睛，然後便搖起你心愛的檀香扇：

「你猜，這是什麼？」

「不知道。」我抵賴，不肯說。

「你看，你看，蘇州的檀香扇，好細的刻工。好中國的，是不是？」

我當時不太搭理你，雖然心裡也著實喜歡兩個女孩的在閨中的稚氣，但我和你不一樣，你在香港長大，拿英國護照，對故國有一分浪漫的幻想，而我一直在中國的土地上長大並且剛從中文系畢業，什麼是中國，什麼不是中國，常令我苦思焦慮，至今不得其解，幾乎一提這問題我就要神經質起來。

喜歡你穿旗袍的樣子，喜歡你輕搖檀香扇，喜歡你悄悄地讀一首小詞的神情，因為那裡面全是虔誠。

而我的中國被烙鐵烙過，被汙水漫過，又聖潔又爛膿，又崇偉又殘破，被祝福亦被咒詛，是天堂亦是地獄，有遠景亦有絕望，我對中國的情緒太複雜，說不清楚也不打算把它說清楚。

有些地方，我們是同中有異的。

但此刻長夏悠悠，我情怯地舉起香扇，心中簡簡單單地想起那年夏天，想起你常去買一枝橙紅色的玫瑰，放在小錫瓶裡，孤單而芳香。想你輕輕地搖扇，想你目中叨叨唸唸的中國。檀木的氣味又溫柔又郁然，而你總在那裡，在一陣香風的回顧裡。

——選自《三弦》，摘錄於〈想你的時候〉

第三章 人物

我不知道怎樣回答

有些時候，我不知道怎樣回答那些問題，可是……

●

有一次，經過一家木材店，忽然忍不住為之駐足了。秋陽照在那一片粗糙的木紋上，竟像炒栗子似的爆出一片乾燥郁烈的芬芳，我在那樣的香味裡回到了太古，我恍惚可以看到遮天蔽日的原始森林，我看到第一個人類以斧頭斲向擎天的綠意，一斧下去，木香爭先恐後地噴向整個森林，那人幾乎為之一震。每一棵樹都是一瓶久貯的香膏，一經啟封，就香得不可收拾。每一痕年輪是一篇古賦，耐得住最仔細的吟讀。

店員走過來，問我要買什麼木料，我不知道怎樣回答。我只能愚笨地搖搖頭。我要買什麼，我什麼都不缺，我擁有一街晚秋的陽光，以及免費的沉實濃馥的木香。要快樂，所需要的東西是多麼出人意外的少啊！

●

我七歲那年，在南京念小學，我一直記得我們的校長。二十五年之後我忽然知道她在臺北一所五專作校長，我決定去看看她。

校警把我攔住，問我找誰，我回答了他，他又問我找她幹什麼？我忽然支吾而不知所答。我找她幹什麼？我怎樣使他了解我「不幹什麼」，我只是衝動地想看看二十五年前升旗臺上一個亮眼的回憶，我只想把二十五年來還沒有忘記的校歌背給她聽，並且想問問她當年因為幼小而唱走了音的是什麼字——這些都算不算事情呢？

一個人找一個人必須要「有事」嗎？我忽然感到悲哀起來。那校警後來還是把我放了進去，我見到我久違了四分之一世紀的一張臉，我更愛她——因為我自己也已經作了十年的老師，她也非常訝異而快樂，能在災劫之餘一同活著一同燃燒著，是一件可驚可歎的事。

——選自《張曉風散文集》

獃人獃話

在澄清湖的小山上爬著，爬到頂，有點疑惑不知該走哪一條路回去，問道於路旁的一個老兵。

那人簡直不會說話得出奇，他說：

「看到路——就走，看到路——就走，再看到路——再走，就到了。」

我心裡搖頭不已，怎麼碰到這麼獃的指路人！

賭氣回頭自己走，倒發現那人說得也沒錯，的確是「看到路——就走」，漸漸地，也能咀嚼出一點那人言語中的詩意來。天下事無非如此，「看到路——就走」，哪有什麼一定的金科玉律，一部二十五史豈不是有路就走——沒有路就開路，原來萬物的事理是可以如此簡單明瞭——簡單明瞭得有如獃人的一句獃話。

——選自《步下紅毯之後》，摘錄於〈種種可愛〉

第四章／風物

湖畔的飄綿

那是一個夏天的長得不能再長的下午，在印第安納州的一個湖邊，我起先是不經意地坐著看書，忽然發現湖邊有幾棵樹正在飄散一些白色的纖維，大團大團的，像棉花似的，有些飄到草地上，有些飄入湖水裡，我當時沒有十分注意，只當偶然風起所帶來的。

可是，漸漸地，我發現情況簡直令人暗驚，好幾個小時過去了，那些樹仍舊渾然不覺地，在飄送那些小型的雲朵，倒好像是一座無限的雲庫似的。整個下午，整個晚上，漫天漫地都是那種東西，第二天情形完全一樣，我感到詫異和震撼。

其實，小學的時候就知道有一類種子是靠風力靠纖維播送的，但也只是知道一條測驗題的答案而已。那幾天真的看到了，滿心所感到的是一種折服，一種無以名之的敬畏，我幾乎是第一次遇見生命——雖然是植物的。

我感到那雲狀的種子在我心底強烈地碰撞上什麼東西，我不能不被生命豪華的、奢侈的，不計成本的投資所感動。也許在不分晝夜的飄散之餘，只有一顆種子足以成樹，但造物者樂於做這樣驚心動魄的壯舉。

我至今仍然在沉思之際想起那一片柔媚的湖水，不知湖畔那群種子中有哪一顆種子成了小樹？至少，我知道有一顆已經成長，那顆種子曾遇見了一片土地，在一個過客的心之峽谷裡，蔚然成蔭，教會她，怎樣敬畏生命。

——選自《曉風散文集》，摘錄於〈遇見〉

承受第一線晨曦的

楔子：浪上的小女孩

夏天，六月底，中午，海一貫地藍著。

林茂安從小屋走出來，正要往紅頭村去，他住的地方叫漁人村。

忽然，他看到一大群人，不知在逃什麼，亂紛紛地從海邊往岸上狂跑。林茂安當時也飛跑起來——不是往岸上，而是往反方向的海上，他要看到底出了什麼事。

颱風剛過不久，浪很大，他看清楚了，有一個小女孩，在浪上載沉載浮。

他拚命往前游，終於抓到了孩子，忽然，他發現，孩子的臉極難看，大概是死了。

「也許還能試試人工呼吸，」他想，「總該試試。」

他揮手求人來幫忙，他已經筋疲力竭，不敢相信自己有力氣在巨浪裡能一邊游一邊拖回一個孩子。

但是，沒有人理他。

他只好死命往回游，把孩子放在沙灘上，試著人工呼吸。太晚了，孩子終於僵冷了。

他把孩子背上岸，剛好碰上管訓隊的騎摩托車經過，他請求那人把他們載到紅頭。過了一陣，孩子的舅舅來了，拿著一支長矛，在孩子的屍體前叫囂撲跳，又作勢猛刺。因為，他們相信，非如此，不能驅趕惡鬼。

林茂安請孩子們去撿回他剛才脫在海邊的衣服，小孩說，他的衣服早被人丟在路上了，要撿，得自己去撿，沒有人敢碰他沾過鬼氣的衣服。他只好拖著累得半死的身子，自己去撿衣服。

但不管走到哪裡，村人都凶巴巴地趕他走，他一時也搞不清楚怎麼回事。到蘭嶼已經快一年了，跟當地的人一向也處得很好，其中有幾個他還為他們擦過藥，現在竟然都翻臉不認他了，他傷心地踽踽獨行。

然後，他明白了，雅美人一向對鬼有不可言喻的恐懼，沒有人敢去救那快要淹死的孩子，因為怕鬼魔轉附到自己身上來。而他抱了死孩子，別人把他看成鬼影附形的人，當然避之唯恐不及。

那是太可怕的一天，他雖不怕鬼，但死孩子的臉在他悲傷失神的心裡上上下下地散開又聚攏。

他差不多不能集中心智來思想了，但混沌模糊中，仍有一個念頭漸漸拂之不去地凸立出來。

「我要為他們做一點事，從現在開始，讓我為他們做一點更具體的事……」

那是我一生中最快樂的日子

遠比一般男孩為瘦小，林茂安只有一五五公分。

「上帝把我造得這麼矮，倒有一件好處，」他說，「跟小孩特別容易混。」

一九七七年九月，林茂安走下船，到了蘭嶼，船是從臺東開的，風浪大，船的性能也不好，他已經吐得差不多了。念書的時候，他跟同學也曾趁暑假到過蘭嶼，但這一次不一樣，這一次，他不再是一個過境者，他要住下來。

除了雅美人，外地人是不准在蘭嶼落籍的（除非和雅美人通婚），他必須六個月一次去報流動戶口，流動就流動吧，反正他知道一件事，他的心已在這裡打了樁，他的心在這裡報了固定戶口。

「到蘭嶼去幹什麼呢？」

不單別人這樣問他，連他自己，一腳踏下船，站在椰油村的岸邊也發起急來，忍不住要逼問自己。

不知道，真的不知道，沒有誰要「聘請」他，也沒有誰答應「付薪水」，身上帶了爸媽給的五千塊錢，就這樣到了蘭嶼。只有一件事是清清楚楚的：

「我要到蘭嶼去！」

父親是受日本教育的藥劑師，為人方正保守，母親也是典型的家庭主婦，哥哥是本分的藥廠外務員，一家人都很「正常」，不知怎麼會跑出這樣一位奇怪的小兒子。但父親沒有生氣。他資助了一筆錢，而且常常從高雄做「食物補給」。

父親也許忘了，在祖父那一輩，他們是住在澎湖的，林茂安也許有其先天性的不可挽救的對小島的戀慕。

有人借給他一所房子，是當年村長的父親住的，村民後來搬到國民住宅去，房子就空下來了。雅美人的房子平常是一屋一亭（即使搬到水泥做的無趣的國民住宅裡，他們仍然念舊地接著窗口搭一座涼亭，而屬於公家的海防部隊，也不能免俗地搭了一座），屋子蓋在一方沿階而下的坑裡，坑和階梯都用石頭固定住，石縫之間總是長著美麗的野花。

林茂安的那間更是得天獨厚，屋子右邊是相思樹和釋迦果，左邊是木瓜。屋子前面除了豔紅的太陽花以外，就是一種叫「古雅西」的盤地而生的野草，他試吃了幾次也沒發生什麼事以後，就放心把它也列入菜單了。

他在房子前邊搭了個涼亭，許多蘭嶼小孩來幫他忙，他又在房子左邊弄了個「現代化」的棚式廚房，有水泥，有瓦斯，窗外種了棵辣椒，可以順手抓一把辣椒葉子就是一盤菜。爐臺正前方是一片青蕨，有一次有條蛇，從石縫裡一探頭，幾乎跑到鍋裡來。

小屋收拾得很好，大塊龍眼木，鑿痕歷歷看來古拙質樸，雅美人本來不用釘子，他卻釘了個小書架，吊在牆上，又弄了個書桌，白天，他跟孩子玩，晚上，他在白燭下看書。書桌旁經常擠著些捨不得回家的小孩，最擠的時候，可以擠下八個。

有一次，他算算錢，只剩十九元了，奇怪的是，心裡也不急。於是，他發現，原來，沒有錢也可以活得下去。不時有友善的鄰居送來芋頭、地瓜和魚。此外隨手摘的芋頭葉、芋頭梗、番薯葉也都是可吃的菜，螺螄可以到芋頭田裡去摸，有時，他也被邀去作抓魚的助手，負責趕魚。

星期天，他到小教堂去禮拜。

日子就那樣平穩安適無所事事地過去，直到那件事發生。

「那是我一生中最快樂的日子了！」他說，「沒有壓力，沒有『工作』，就是那樣單純地去愛小孩們，跟他們玩，教他們功課，整個跟雅美人一起生活……」

另一種採礦

可是，那件事卻發生了，而且逼到眼前來。

「我要辦一所幼稚園。」他想，「父親打魚去了，母親上山挖芋頭去了，如果能有個幼稚園，孩子有人照顧，就不會像那樣出事了。」

但是，錢在哪裡呢？蘭嶼國中不但免費，而且供吃住，孩子尚且不太肯去。小學裡逃學的更多，幼稚園是「學前教育」，政府不貼補，教他自己拿什麼錢去補呢？

雅美人跟全世界一切種族一樣，也愛他們的孩子，可是卻不見得讓孩子去上學。

有位小學校長就碰到這樣一件啼笑皆非的事，他注意到某個孩子經常逃學，很替他憂心。有一次，這孩子終於被他逮著了，他把孩子帶回家，照顧他，督導他，希望和他生活一段時間把他馴下來。不料孩子的爸爸誤會了，他急忙跑來，哀哀地站在門口哭著說：

「校長啊！校長啊！請你不要打他呀！要打，你打我好了，不要打他呀！」

孩子不愛上學，學校只好找出許多條件來吸引他們，但林茂安這位口袋裡一文不名的小子，又拿什麼去辦蘭嶼第一所幼稚園呢？

他想到有一所房子，棄置在一個小山腳下大概有六、七年了，房子接近四十坪，四房一廳，外加廚廁，當初是經濟部礦業研究所蓋的。那時，他們懷疑蘭嶼有銅礦，後來發現沒有銅，人員便撤了回去，空留下一棟房子。

蘭嶼人不敢走近那房子，因為房子後面是墳場（蘭嶼人的墳場外人是看不出來的，因為不樹不封，無碑無碣，不祭不拜），久而久之，房子變成了牛棚，滿地都是牛糞，穢不可聞。

如果能洗乾淨做幼稚園多麼好，他想。

透過《宇宙光》雜誌，他們和礦業研究所的所長聯絡上了，事情神蹟似的進行得很順利，所長答應把房子交給他「暫代保管」。

辦幼稚園也該看作一種礦業吧？這一次，擬定要採採的不是「銅礦」，而是「人礦」。

房子有了，但是，錢呢？雜誌社乾脆好人做到底，答應利用一九七九年母親節辦個義賣會，於是，在康乃馨的季節，在最慳吝的心也容易一時柔軟下來的五月，他們有了第一筆捐款。

有了房子有了錢，滿心感激，壓力卻也同時重了。林茂安不是那種幹練型的人物，忽然一下，百廢待興，把他弄得不知所措。他原是一個閒適自安喜歡在燭光下讀文章的人，他原是一個喜歡坐在茅棚下望著大海出神的人，他是一個跟孩子玩得忘了自己是個成年人的人。

如果你在海邊看到一個眼神清純的大男孩，夾在一群赤腿的孩童中間——其中有的小孩極小，一手急著去拉他，一手還握著自己的小雞雞——他教他們把兩手勾起來伸動，嘴裡咕咕咕咕地作出水泡聲，一路前呼後擁浩浩蕩蕩地走過去，那才是林茂安，不懂行政，不懂策劃，不懂預算，不懂宣傳的林茂安。

可是，他想做事，一件具體的事，麻煩就來了，一所積滿了牛糞而又沒有水的房子怎麼點化成幼稚園？老師哪裡去找？什麼叫「幼稚教育」？事情不再像當初那麼好玩了。

他開始套上了責任的軛。

洪濬正從美國回來洗刷牛糞

可是，幫忙的人也來了。凡是直接間接聽到這回事的人都想盡力幫一把忙。

有一次，他接到一封信，信封上寫的竟然是：

蘭嶼——請郵差先生幫忙送給一位想辦幼稚園的林茂安先生。

那是一位陌生的關懷者寫的，使他不勝感動。

夏天，洪濬正從美國回來打威廉瓊斯杯，一下飛機就直奔蘭嶼，他和林茂安曾是同學，蘭嶼人大概沒想到有這麼大號的人物去為他們的孩子洗刷牛糞。

和他一起去的還有些當年一起愛打球的大男孩，天氣熱，大家脫了上衣砍野菠蘿，野菠蘿多刺，但不砍不行，那東西的生命力太潑旺，滿地都是，不砍出一條路來是不行的，結果是每個大男孩都弄得鮮血淋漓。

另一件頭痛的工作是引水，水在兩個山頭以外的溪澗裡，需要一個半小時才能走到，他們扯了一條極長的塑膠管把水引了來。

當第一滴清水滴下來的時候，十幾個年輕人瘋狂地歡呼起來：

「水來了！水來了！水來了！」

他們還慎重其事地攝影留念。

水來以後，他們把陳年牛糞泡了三天，才能動手。

洗刷乾淨了，他們又動手粉刷，粉刷完了，他們打算在屋頂牆欄上漆上「蘭恩幼稚園」五個大字，當然，船啦什麼的也得畫一些才好看。一個藝專美術科的女孩爬上去畫，男孩在下面扶著丈把高的自搭的木架，女孩說：

「我這輩子還沒有在這麼高的地方畫過畫。」

當然，美術科裡是不會教人這種東西的，她戰戰慄慄地足足畫了兩天才畫完。

也許這是規模最小的幼稚園，但它必然也是規模最大的一所，背後，它有青山為牆垣，面前，它有大海為庭院，這蘭嶼島上第一所幼稚園。

承受第一縷晨曦的幼稚園

一九七九年秋天，十月八日，蘭嶼第一所正式的幼稚園開學了。

有人捐了白圍兜，有人捐了奶粉，有人捐了故事書——更有人捐了自己，蘭恩幼稚園就這樣開始了。

蘭嶼的母親習慣唱一首甜蜜淒傷的搖籃曲：

你，你這個小孩，
你是我這一生中搖過的小孩裡
最最頑皮的一個小孩
媽媽的百寶箱裡沒有幾顆瑪瑙（蘭嶼人以瑪瑙為傳家寶）
媽媽可以給你的非常少
媽媽只希望你的調皮
將來對你不是壞，是好。

蘭嶼的小孩的確是頑皮的，他們怎可以不頑皮？他們的男孩自古以來便是只憑一把斧頭造船造屋，他們的女孩把山野和平地都種成芋頭田，他們要打萬萬千千條魚，他們怎能不頑皮？

雖然老師中間沒有一個是學幼稚教育的，但林茂安和其他老師都決定不要像臺灣的幼稚園教文字或數學，他們只管玩，只管聽故事，只管唱歌，他們唯一的教學重點是：生活。

這是一間非官方的，卻全免費的幼稚園，此外上午供一頓點心，中午供一頓飯，老師要耐心地教「餐桌禮貌」。

由於人手不足，老師常常自兼數職，你忽然聽到咕咕的雞叫，原是一位笨老師在捉雞。蘭嶼的雞跟羊都採放牧方式，捉起來不太簡單。大清早，你看到有人殺雞，有人拔毛，那些人也全是「老師」，再等一下，煮雞和分雞給學生吃的，仍是「老師」。

然後，你看到有一位，在用手為學生洗衣服（沒有電的地方當然沒有洗衣機）——那是李老師，她是淡江德文系肄業的。她那樣認真地打掃清洗，要讓每一個孩子學會清潔。

小孩穿衣服當然不懂珍惜，每件衣服都髒得可以，李老師就那樣日復一日地搓洗下去。

小孩又老是掉圍兜，這也是當初沒想到的麻煩，圍兜已經發了兩次了，看來還會需要再發。有一次，有個很乖巧的小女孩早上不敢到學校來，只是站在家門口哭，最後，老師終於弄明白了，她的圍兜被燒壞了，她不敢來上學。她的父親昨天喝醉了酒，香菸不小心把圍兜燒得一個洞一個洞，孩子傷心地哭著，老師終於把她勸來上學了——當然，免不了還要再給她一件新圍兜。

早晨，如果天氣好——蘭嶼的天氣差不多總是好的——小孩子們就站在院子裡，一本正經地唱國歌、升旗，看著那棕色的小手把國旗一小段一小段往上拉，心裡忍不住感動起來。在這麼邊遠的島上，在中國的極東疆，在太陽最先照到的中國土地上，一面旗，升起來了。一首歌，唱起來了。

現在，也許他還太小，不懂得自己唱了些什麼，但有一天，他們會懂，他們會知道，自己曾唱了一首多美麗的歌。

老師的心情正是母親的心情

「小朋友手拿出來！」一走進教室，坐好，江老師就開始問：「你們有沒有洗臉？有沒有換乾淨衣服？」小孩都點了頭。

「鍾啟義，」那小男孩不好意思，扭扭捏捏地被拉起來，「你們看鍾啟義很乾淨是不是？」

鍾啟義不好意思地「忍受」著老師的讚美，這小孩長大了會是什麼樣的孩子呢？一個大智若愚深藏不露的人物吧！

「謝雯萱，她也很乾淨，是不是？」

謝雯萱顯然是個美人胚子，她是個漢人跟雅美人的「混血兒」，父親在賓館做事，這些年買了些車子租給榮工隊，小女孩穿得乾淨漂亮。

「大獅子說，」江老師手裡玩著一個獅子頭，「蘭恩幼稚園的小朋友，你們要走路輕輕，說話輕輕。搬椅子也要輕輕，大獅子說，請你們過來唱『坐飛機』的歌好嗎？」

孩子一下湧上去。七嘴八舌談著飛機，世界上恐怕極少有幼稚園剛剛好就設在飛機場旁邊。而且，蘭嶼的飛機又是小飛機，機場毫無遮攔，江老師有時也帶著孩子走到跑道旁去看飛機，那光景，就像都市的小孩站在路旁看摩托車一樣隨便平常。

然後，他們唱一首歌：

稀奇稀奇真稀奇
漂過大海漂過溪
沒手沒腳能游泳

乘風破浪快如飛

都市裡的孩子可能也唱這首歌，但，蘭恩幼稚園的孩子唱這首歌卻是截然不同的，他們誰家沒有一條船呢？每個孩子都渴望能坐一下船，他們也眼巴巴地望著大船自臺東帶來補給品，他們幾乎每一個都在想：

「有一天，我要坐船到臺灣去！」

「她是我妹妹。」下課的時候，阿雄說。

「我叫他大哥哥，他叫我小妹妹。」那叫小燕的女孩補充道。

兩個孩子牽著手，看起來又親愛又漂亮。

「你的媽媽就是她的媽媽，是不是？」

「不是，不是。」兩個人一起急著否認，小手仍然緊緊拉在一起，好一對青梅竹馬。

小燕是另一個混血兒，美麗黏人。

「這裡是『娃娃角』，這裡是『沙坑角』，這裡是『積木角』，這裡是『閱讀角』，」林茂安說，「我想等有空的時候做份卡片，詳細記載每個孩子的性向，看他們花在哪裡的時間最多。」

「這一間本來是午睡室，你看，滿架子都是棉被，」林茂安繼續說，「但後來發現蘭嶼的小孩不一樣，叫他們午睡他們太痛苦了，他們甚至寧可逃學來罷睡。真的，他們晚上六、七點就睡了，白天精神好得要命，老師後來也只好投降，不再強迫他們睡覺。不過，這樣一來老師就更苦了，中午也要陪著小孩玩。」

「在小孩畢業的時候，」林茂安說，「我想送他們每人一個相片簿，裡面第一頁是他單人的照片，然後，是全體的生活照片。」

一個小女孩跑過來，她的腳趾甲不知什麼時候被顏色筆塗成綠色的，讓人又好笑又好氣。

「從臺灣回來的小姐，腳上都是這樣的！」她無限得意地說。

開學幾個月以後，「世界展望會」答應用他們的車子載送小朋友，可是有的時候，他們自己也有事，不能在放學前趕來接小孩回家。碰到這樣的時候，江老師便握起小朋友的手，沿著濤聲，穿過兩側野菠蘿，一路往前走，把孩子一一送到鄰村的人家。在風雨的下午，人影愈走愈小，那景象看來特別溫暖動人。

「我們剛從臺東買了六隻小雞，今天早上把箱子拿出來，一轉眼就全不見了，山上有狐狸，不知是不是狐狸偷吃了？」林茂安不勝惋惜。「我想闢個園子種點蔬菜，讓孩子午餐的菜不必全靠採買，我還想找幾樣動物來養——有些動物蘭嶼的小孩從來沒見過。不過這一切都要人力……

「我還聽說蚯蚓能吃垃圾，改變土質，我也想去買些來……」

看得出來，他是大大小小的事件無不縈繞胸中的人，但是，人呢？錢呢？

「朗島那邊的人每次看到我就說：『林老師啊！你也來我們村子上辦個幼稚園給我們小孩上嘛！』我也想，可是……」

清秀頎長的江老師是另外一則傳奇。

「有時候，當我沮喪的時候，我會想：『憑什麼，為什麼我一定要待在蘭嶼？』我很想回家，我可能是疲倦了？生氣了？失望了？我可能是太在乎回報了？我可能自以為付出很多，孩子卻沒有聽話，所以我就氣餒了？——我找不到我非留下不可的理由，可是我知道一件事，我捨不得走。

「媽媽起先聽我說要來蘭嶼，嚇壞了，除了怕待遇少工作苦，她立刻想到的就是：『完了，她嫁不掉了！』哈！我自己倒不太怕，反正剛畢業。

「其實，我從小就看慣了山地人（今稱原住民，下同），我父親年輕時候在日本學醫，回來不久就作了山地傳道人，他工作的對象是屏東的排灣族。我小時候很少看到父親，倒是常看到家裡出出入入都是山地人，我跟他們相處得很自然，其中有個孩子，跟我父親作翻譯，他叫我媽媽『阿媽』，他差不多是在我們家長大的。

「我讀中學的時候，父親就去世了，但是，我一直記得他說的兩句話：『如果你希望到山地工作，你一定要跟他們一起生活。』我一直很佩服我父親，我沒有想到自己也會走上這條路。

「這些小孩，怎麼說呢，真是又好氣又好笑，有一次我問他們：『小朋友，你們到蘭恩幼稚園，最喜歡做的是什麼？』我以為他們會說唱歌或者畫圖什麼的，結果一個小朋友大聲回答說：『我最喜歡的是——逃跑。』唉，記得剛開始的時候，他們真喜歡跑，我們作老師的還得滿山遍野去抓孩子，他們又跑得快，我們哪裡是對手，沒辦法，只好垂頭喪氣地回來。嘿，沒想到，你一腳回來，他大概也沒樂趣了，居然也跟著跑回來了！」

在這樣跑跑抓抓之中，多少孩子在成長？五十年或七十年後，當他們之中某個人物寫起回憶錄來的時候，這些事件都記憶猶新吧？

去年，江老師剛畢業的時候，由於自己完全沒有學過幼稚教育不知要如何著手？有一位雙連幼稚園的蔡老師鼓勵她說：「去吧！別的東西可以慢慢學，只要有一顆愛心，就夠了！」

當然，愛心是空靈高渺的，但愛的行動卻是煩瑣累人的。一年來，她感到自己的成長。當天氣不好，運輸船延誤了，她焦急地說：「怎麼辦，孩子的餅乾都快沒了！」聽那口氣，你感到，她不單是老師，也是母親。

林茂安有一張小的書桌，桌上有一塊小玻璃，玻璃下壓著一片極小的書籤，上面有一段這樣的話：

如果一個孩子生活在容忍中——他就學會忍耐
如果一個孩子生活在鼓勵中——他就學會自信
如果一個孩子生活在公平中——他就學會公義
如果一個孩子生活在安全中——他就學會信心
如果一個孩子生活在讚許中——他就學會喜愛自己
如果一個孩子生活在被人接納和友誼中——他就學會在這個世界裡去尋找愛

或者作為一個老師他們的心情也正是那首搖籃曲中母親的心情：

你，你這個小孩，
你是我這一生中搖過的小孩裡
最最頑皮的一個小孩
媽媽的百寶箱裡沒有幾顆瑪瑙

媽媽可以給你的非常少
媽媽只希望你的調皮
將來對你不是壞，是好

一朵常開不萎的愛心花

「如果你們春天來，」林茂安說，「滿山都是野百合，每個人手裡都可以抱上一大抱花。」

四月以後，野百合會謝，但蘭恩幼稚園，一朵愛心的花，開在自由中國的最東端，承受第一線的晨曦，卻常開不萎。

——選自《你還沒有愛過》

那部車子

朋友跟我搶付車票，在蘭嶼的公車上。

「沒關係啦，」車掌是江浙口音，一個大男人，「這老師有錢的啦，我知道的。」這種車掌，真是把全「車」瞭如指「掌」。

●

車子在環島公路上跑著——不，正確一點說，應該是跳著——忽然，我看到大路邊停著一輛車。

「怎麼？怎麼那裡也有一輛，咦，是公路局的車，你不是說蘭嶼就這一輛車嗎？」

「噢！」朋友說：「那是從前的一輛，從前他們搞來這麼一輛報廢車，嘿，蘭嶼這種路哪裡容得下它，一天到晚拋錨，到後來算算得不償失，乾脆再花一百多萬買了這輛全新的巴士。」

「這是什麼壞習慣——把些無德無能的人全往離島送，連車，也是把壞的往這裡推，還是蘭嶼的路厲害，它硬是拒絕了這種車。」

「其實，越是離島越要好東西。」朋友幽幽地說。

●

車過機場，有一位漂亮的小姐上來。

「今天不開飛機對不對？」車掌一副先見之明的樣子。

「今天不開。」

「哼，我早就告訴你了。」忽然他又轉過去問另一個乘客，「又來釣魚啦！」

「又來了！」

真要命，他竟無所不知。

這位司機也是山地人（今稱原住民），臺灣來的。

他正開著車，忽然猛地急剎車，大家聽到一聲悽慘的貓叫。

「唉呀，壓死一隻貓了！」乘客嚇得心抽起來。

「哈，哈！」司機大笑。

哪裡有什麼貓？原來是司機先生學口技。那剎車，也是騙人的。

大概是開車太無聊了，所以他會想出這種娛人娛己的招數，這樣的司機不知該記過還是該記功。

●

「從前更絕，」朋友說，「司機到了站懶得開車門，對乘客說：『喂，爬窗戶進來嘛！』乘客居然也爬了。」

早班的公車開出來的時候，司機背後一只桶，桶裡一袋袋豆腐，每袋二十四元，他居然一路走一路做生意。

每到一站，總有人來買豆腐。

不在站上也有人買，彼此默契好極了。司機一按喇叭，穿著藍灰軍衣的海防部隊就有人跑出來，一手交錢，一手交貨。

除了賣豆腐，他也賣檳榔。

「檳榔也是很重要的！」他一本正經地說，彷彿在從事一件了不起的救人事業。

豆腐是一位湖北老鄉做的，他每天做二十斤豆子。

「也是拜師傅學的，」他說，「只是想賺個菸酒錢。」

他自稱是作「阿兵哥」來的，以後娶了蘭嶼小姐——跟車掌一樣，就落了籍了，他在鄉公所做事。

「我那兒子，」他眉飛色舞起來，「比我高哪，一百八十幾公分，你沒看過他們球隊裡打籃球打得最好的就是他呀！」

●

車子忽然停了下來，並且慢慢往後倒退。

「他看海邊那裡有人要搭車。」朋友說。

「幹什麼？」

海邊？海邊只有礁石，哪裡有人？為什麼他偏看得到？

那人一會兒工夫就跑上來了，手裡還抱著海裡摘上來的小樹，聽說叫海梅，可以剝了皮當枯枝擺設。

那人一共砍了五棵，分兩次抱上車。

「等下補票，」他弄好了海梅理直氣壯地說，「錢放在家裡。」

車掌沒有反對，說的也是，下海的人身上怎麼方便帶錢？後來他倒真的回家補了錢。

●

「喂，喂！」我的朋友看到了他的蘭嶼朋友，站在路邊。他示意司機慢點開，因為他有話要說。

「你有沒有繼續看病？」他把頭伸出窗外，他是個愛管閒事的人。

「有啦……」那人囁囁嚅嚅地說。

「醫生怎麼說？」他死釘著不放。

「醫生說……病有比較好啦。」

「不可以忘記看醫生，要一直去。」他嘮嘮叨叨地叮嚀了一番。

「好……」

車子始終慢慢開，等他們說完話。

●

「這些女人怎麼不用買車票？」

「她們是搭便車的。」

「為什麼她們可以搭便車？」

「因為她們是要到田裡去種芋頭的。」

我不知道這能不能算一個免票的理由，但是看到那些女人高高興興地下了車，我也高興起來，看她們在晨曦裡走入青色的芋田，只覺得全世界誰都該讓她們搭便車的。

——選自《你還沒有愛過》

絲路，一匹掛紅——夜讀「絲路之旅」有感

曾有一行腳印，帶著東方的紫氣西向而去，一路走，一路走，竟走出一條絲路來了。

旅行者仰臉看星空，星空裡流過清淺的銀河，而絲路是地上的銀河，一路流瀉著柔柔的絲光。從長安，流過酒泉，流過敦煌，流過波斯，流到地中海，流到羅馬……。那條路是東方和西方少年時代的戀情，他們彼此乍驚於對方的美麗豐富，他們探索著想更了解對方。那條路是一條不受干擾的熱線，一往一返，一返一往，疊起他們互換的黃金珍寶，以及信息。那條路是一條感性的相「思」路，那條路是一條知性的「思」想路。

那條路令人虔誠，每一個奔走於這條路上的人都是玄奘，他們都是取經人，他們也

都是送經人。當然，你可以說他們是商賈，但他們卻是傳經人，他們把東方送給西方去傳誦，他們把西方帶給東方去鑽研。

那條路是一條漫長的神話路，有最可怕和最魑魅的妖怪，有最荒涼的死谷和最怡人的仙鄉。《西遊記》該只是那條路上的故事的一部分。

那條路牽起長長的紅絲羅，多麼長的一匹掛紅，東方和西方在豔麗的絲羅下結了姻緣。

春天來時，所有的桑樹都猛然綠起來，肥厚的桑葉掛在那裡，好一株原料倉庫！春天的中國，宅院幾乎淹沒在桑樹叢裡。（那好聽的，孩子唸書的聲音從窗口飄出，他們唸的是新上口的《孟子》：「五畝之宅，樹之以桑。」）而蠶是最乾淨的纖維工廠，於是到了暮春時節，每個女子都在繅絲，他們偶或會抬頭西望，悵悵地問：

「這一綑絲要留給他們——他們那邊又是什麼地方？他們也愛穿絲嗎？他們的女孩兒長得是什麼樣子？」

在義大利，在阿富汗，那高髻的貴族女子穿的豈僅是絲，那是中國大江南北每一棵春來的綠意，是朝朝暮暮每一雙中國女子柔荑下流動的思緒。東方女子和西方女子共用著曾在一個繭頭上抽下來的新絲。

但西方漸漸長大，不再是那柔情的少年，他們的愛戀死亡了。西方第二次來的時候是從海上，大船衝開巨浪，犁下深紅色的血溝。不是用溫柔的旅者的足音，而是用一門又狠又準的砲，轟開了我們的門。中國驚惶地望著那張似曾相識的臉，怎麼會是他呢？不錯，他不是羅馬，他不是舊日的歐洲；但分明又是他，他怎麼變得那麼厲害，他的名字仍然叫西方，但他顯然不記得那些溫柔的往事了，他已經變成另外一個人了，他急切地搜刮，他來不及地把東方的黃金搬回他們的大船。

不再是絲路，我們只見一條血路。

「如果，你不愛我，西方啊，」東方哭了，「你要去愛誰呢？」

「你沒有選擇，這世上只有一個叫東方一個叫西方的孩子，如果我們不相愛，我們還去愛誰呢？」

「當然，也許你想，你還可以愛自己，但是，當你不愛我的時候，你也同時失去愛自己的能力了，你數著金幣，漸漸遺棄自己。你不快樂，你像一隻閹雞一樣不斷地長肥長大，但你不快樂。」

「我們仍然必須相愛，讓我們撥開蔓草荒烟，重尋音塵寂然的古絲路，我們要再一次相期相遇，在我們最初約會的路上。讓我們仍是年少的孩子，彼此互換著我們寶盒中的珍寶。也許我們仍要賣力地去各自跋涉那萬里長路，注視我，發現我的優雅，並且愛我，我們別無他路，我們注定要相愛。」

讓長長的絲路仍然是一條披紅掛綵的姻緣路。

——選自《再生緣》

夜診

1 楔子

時間是下午四點，車子已顛了七小時，十一個人從雙排位的車上跳下來，泰國的車子矮，大家都忍不住先去揉脖子，然後彼此取笑對方的頭髮，由於一路灰沙撲面，每個人都早已是「塵滿面，鬓如霜」了，提早二十年看見自己的老態在滑稽中又不免愴然暗驚。

所謂十一個人本來是只有五個，其中有我們全家四口，以及一位帶路的女宣教士胡千惠，我們戲稱她為「導遊」。這「五人團」前赴泰國考伊蘭難民營的時候，把中泰難民服務團的團長韓定國和團員一行五人也一起「引誘」出來了，其中還包括一位醫師。十個人一同跑到泰國北部美斯樂，及至下了美斯樂山地，途婉柿（讀作滅ㄙㄞˊ），又把一位從香港中大畢業的廖姓老師說得心動神搖，悄悄地請我們准他搭便車一起前來。

而現在這十一個人已來到這個叫做「聯華新村」的地方，車子停在小教堂的院子裡，這是我們今晚下榻的地方，女孩子睡牧師的房子，男孩子睡教堂的講臺，分得到蚊帳的靠蚊帳，分不到的只好咬牙靠蚊香。

院子裡一口井，大夥兒便在那裡洗臉，村子裡的小孩擁上來看熱鬧，大爹——教堂裡的雜役，提壺熱水從廚房走出來泡茶，他的臉乾癟枯縮，身子也佝僂屈曲，一口雲南官話卻極柔和敦厚：

「大家都是中國人嘛，難得來一趟，來了嘛，當然要看一看了！」

——其實他們哪裡知道，我們不是來被看的，我們是來看他們的。泰國地形長如一棵沖天樹，南北旅行極辛苦，車況路況壞不說，有些路上甚至有土匪，車子往往不得不繞道，天涯行客，也只好捱一步算一步，但此刻，無論如何，我們已經到了這個叫「聯華新村」的地方。

而聯華新村是一個什麼地方呢？它在泰國北部清萊省昌孔縣（昌孔雖只是華人的

譯音，但聽起來仍不免動容），村子的名字聽來倒像臺灣南部什麼地方的小眷村。他們多半來自雲南，（該算中國最美的一個省分吧？）三十年前攀山涉水而來，最早的難民潮，相較之下越南和寮國的難民還是幸運的，因為美國人對他們懷疚，因而必須做點什麼去賄賂自己的良心。而聯合國和西方的救助團體群湧而來駐在此間的辦事員，一面支著六千美元的月薪，一面自備飲水入營上班（難民營裡的水當然是供像難民那種人喝的，外面的人有權利喝令自己放心的水），一面晚上回來開香檳酒會。

但至於這批三十年前的「老難民」有誰來理睬呢？誰知道有這樣一個鎖在荒萊中的村聚呢？他們原來住在鎮上和泰人雜居，做點起早幹晚的小生意，還有一點點發展，不意這一點發展亦為人所不容，清萊省長安帕要他們遷到一個「新社區」去，省長還許下諾言要有水電建設，答應每家有八「來」土地可以耕作。（「來」是泰國土地單位，是二十個「拍」的見方，而「拍」是指兩臂左右平張的距離，約五英尺，每「來」大約二百八十坪。）但事實上後來只分到二來土地，電既沒有，連水也困難，大家老遠地到一條河裡去汲水。後來靠教會的幫忙，才挖了四口井，井水的顏色像牛奶，看來是喝久了會鬧結石的那一種。但劫餘之人誰又顧得到那麼多呢？清萊省長也許騙了他們，也許不算騙，只是他下了臺，後任省長不認帳。也許，政治本來就是個不認帳的遊戲。而且，如果他們不用「軟騙」而用「硬逼」的方法又如何呢？誰能說不可以？誰教他們是貿然撞進來的「陌生人」？上帝把土地賜給人類，但人類的法律卻說：「這個國家不是你的，你是非法入境的，你走開！」

所以，准許他們在一塊封閉的森林裡墾荒，已經夠皇恩浩蕩了，雖然，在外人看來，這種封鎖的程度跟監獄幾乎無異。

而此刻，我們站在這裡，真正的「窮鄉僻壤」，我們一行十一個人要來看什麼呢？尤其是我們一家四口，十萬元的旅費對我們不是一個小數目，護照上寫著「觀光」，但世上豈有這樣的「觀光客」？怎有這樣忍心的父母？只是這個世界上既有十歲和十三歲就自己摸索著逃難的孤身小難民。為什麼我不能讓我們十歲和十三歲的孩子看看這真實的世界？

說「來觀光」，嫌太輕薄張狂，說「來致敬」，又太正經矯情。確實一點說，應該是：由於某種因緣際會，曉得世上有這樣一個聚落，有這樣一班骨肉，於是渴望見見他們。及至見了面，也許有二分生澀，七分靦腆，剩下的那一分笨拙的笑容也不知別人懂不懂？但畢竟，我已像朝香客，來到我想到的地方。回教徒到麥加去朝聖，佛教徒到印度去進香，基督教徒不顧戰爭爆發的可能，遠赴耶路撒冷，去重踏耶穌的屐痕，但上帝立身在哪裡呢？祂豈不也在一切最貧窮土地上，一切被撕裂得最疼的心髓中嗎？

我從來沒有因同情新幾內亞的野人而流過淚，我不曾為烏拉圭山頭失事的飛機而號啕，孟加拉區的瘟疫不能令我失眠。真能使我血脈賁張，心如搗臼的仍是一張張中國人受苦的臉啊——我想連上帝也必須原諒我小小的自私，是上帝，才能泛愛天下，而凡人如我，只有一副悲腸，只能付出一番對中國人的愛！

2 考槃撒

吃完了晚飯——飯是村民種的旱稻，頗有蓬萊米的柔韌，菜是一早從婇柿買好帶來的，聯華新村是沒有飯館的——十五夜的月亮從雨季慣見的灰雲裡淡淡地浮上來，月亮又圓了，陰曆六月十五，是泰國人的「考槃撒」。考槃撒是個大日子，全國放假，連著要做幾天，街市和鄉野隨時可以看到遊行的隊伍、鮮花、群眾、披金繡紅的衣服，僧侶，一層樓那麼高的香燭，在烈日下緩緩地走著，別有一番欲燃的渴望。這節日持續一個月後至七月十五的「奧槃撒」而結束。據說舊俗在此期間獵人不許入山，直至秋季方可再行狩獵，一般家庭也於此時送男孩入寺作一段時期的僧侶，我立刻想到自七月一日到七月三十日在臺灣是「鬼門開」和「鬼門關」的日子，不知泰國人信不信鬼魂，不知此間的孤魂是否於六月十五來歸，風從玉米田吹來，一盞瓦斯燈放在收拾好的餐桌上。

有沒有孤魂歸來？有沒有死於饑餓死於挫辱死於刀槍死於疾疫的親人此夜前來呢？有人告訴我們前不久三個產婦裡有兩個死了，此刻有沒有戀戀的女子月下眷望不捨呢？瓦斯燈亮而白，同行的古大夫已在桌前坐好，古大夫北醫畢業，到金門服了役，八月一日榮總的聘約等著他去上任，他卻賴在難民中間棧棧不去。

他是客家人，白皙微髭，眼神清炯平和，隨身總帶著醫療包，老想量人家的血壓，一本外科的書似乎也不離手。此人還有一奇，千里迢迢的他竟偷藏著一瓶金門高粱，據說是既可飲，也可以急來作藥用酒精的，不過弄到現在快回臺灣了，既未見他飲用也未見他藥用，我只能懷疑他是拿來供懷鄉之用的了。

坐在他後面的是韓定國和陳素珍，扮演著「密見習醫生」和「密護士」的角色，他們分別是臺大政治系和文化歷史系的，此刻卻一本正經地在寫病歷。我和丈夫在另一頭坐著，他一意照相，我痴痴地望著那些臉——那些臉，曾在哪裡見過嗎？為什麼那麼熟悉，那卑抑的，無怨的，受苦而又不欲人知的，那種平靜而又有所待的臉，我在那臉上尋索滇池，尋索大理，尋索怒江，尋索雲嶺野人山和記憶裡美麗的「麼些族」神話……為什麼那麼熟悉呢？那些臉。

3 投訴

也不知是什麼人傳的話，一下子教堂庭前便圍滿了人，古大夫從來沒料到自己會來到一個連一個醫生也沒有的村子裡，他的小背包裡只有一點點的藥，但既然醫生來了，人就變得有生病的權利了。瓦斯燈幾乎像神龕，燈下的眼神是虔誠和信任，一個個喃喃地說起人世的苦難和滄桑。

●

「這種情形有多久了？」古大夫問那位父親，他正站在女孩旁邊，女孩坐著，眼睛大而發直，瘦瘦怯怯，彷彿隨時都會一驚而跳起。

「八歲那年開始的……她現在十二歲了……有一次發燒，連發了七天，昏迷不醒，後來就半邊身子涼，半邊身子溫，好了以後變得不會講話了，過了十三天才會講，這以後就月月發作，一發就倒下來，抽筋，如果十五不發就初一發，要是正在吃飯，飯也吐出來……」

「她發病以後智力有沒有受影響？」

「什麼？」

「我是說，她有沒有比以前笨？」

女孩坐著，大而黑的眼珠靜靜地望向什麼不可知的深處。

「她……她有一次走迷二十多天……」

——話該怎麼說呢？孩子怎會連發七、八天高燒而父母竟不帶她去看病？然而，在聯華，連去看病也是要申請的，等申請證發下來，由於沒有公車，也只有走路和包車兩個辦法，走路對生病的人來說是不可能的，包車的車資則約合美金十元，不是像他們這樣赤貧的人所可以付得出的，然而怨誰呢？怨泰國嗎？泰國於他們有恩……

這時，剛才來過的一個氣喘病人又走了回來，還帶著一包藥：

「別人叫我吃這個，說吃了就能斷根。」

「這是什麼？」

「D.D.T.粉。」

「快丟掉！」古大夫嚇得一衝跳起身來：「吃了會死！」

「誰叫你吃的？」坐在後面的韓定國也停下筆，聲音大得幾乎是怒吼：「誰叫你吃這種東西？」

眾人也笑了起來，聽得出來並無惡意。

「他們說，這種藥性很強，吃了可以斷根嘛！」氣喘病人平靜而又認命地微笑，有一點點不好意思，卻沒有一點驚恐。

癲癇病的小女孩被扶著帶回去了。

●

「那一年，我打擺子（擺子就是瘧疾），」病人是來看關節毛病的，卻談著她的擺子，「蓋著幾床被，還一直冷得發抖，抖得太厲害，全身關節都抖得要散了，第二天就會痛起來……」

瘧疾在文明的地區早就消失為一個歷史名詞，但在煙瘴之鄉，林澤之內，瘧蚊仍有權肆意攻擊這些背井離鄉的人，既然認定死於瘧疾也比活於暴政為好，也就沒有什麼好懊悔的，唯一留下的是關節裡刻骨銘心的那一點痛，但究竟那是一個病人骨中的疼痛，還是中國近代史上的某一點酸楚，誰能說得清啊！

●

「這塊碎片早晨起來嘛是在這裡的，」說話的是一個乾小細瘦的男人，由於脖子長，整個頭一開腔便熱鬧地晃動，面目曬成醬黑色，有點滑稽，介乎悲苦與不在乎之間，他指的地方是右膝蓋：「到中午嘛，就跑到這裡來了。」

「是什麼東西？」

「從前在寮國打仗嘛，替美國人當兵，一腳踩到地雷，手也炸掉啦！後來到泰國清萊來住院，住了三個月，然後回去休養，後來照X光嘛，有個碎片還在，那以後嘛，這隻腳就不能彎了。」

「哪一年的事了？」

「哪一年？噢，一九六五。」

「這種事，美國人該負責的。」韓定國又停下筆。

「美國人，沒有啦，美國人全走光囉，全回去囉，找不到人囉。」

「找不到人也一樣可以找他們大使館，你叫什麼名字？」韓定國盯著問。

「羅福強。」

「你是哪個部隊？什麼番號？」

「部隊？不知道，就是美國人的部隊嘛。」

「你的部隊長是誰？叫什麼名字？」

「部隊長叫什麼名字我不知道，是美國人——」

「你們在哪裡打仗？」

「寮國——」

「寮國哪裡？」

「哪裡我也記不得了——」

「是山區是平地？」

「是山區——」

「山區叫什麼？」

「記不到了，哪裡記得到——好像叫夢諾——記不到了——」

他終於站起來一拐一拐地走了。

十六年前的一塊地雷碎片，一直痛在膝上。剛才另有一個男病人，右乳下方也是一塊疤，他帶著的是一九五八年打進去的彈頭，在自己的國土上，被自己中國人所傷，一痛二十三年啊！誰能剖肉及骨，誰能拔毒去凶，為四十年來的中國療創止恨，誰能鼓其風雷，肉其白骨，為萬千含冤而死抱痛而活的中國人重謀漢唐。

考槃撒節，林中禽獸尚能有一季生養蕃息優游自適的仁恩，而中國人呢？誰來給流離的人一枝之棲，一瓢之飲？古大夫啊，你所面對的不是醫學院教科書上的病狀，而是一部四十年來的中國啊。每一個病人都是一個負傷的中國。

而中國人命竟是那樣不值錢的，只知道美國人是朋友，因為二次大戰的時候是朋友，只知道寮共是壞人，「共產黨是壞人」不是在思想教育課上聽來的，而是用整個身家性命去認識的，所以，就賣命去打仗了。此外「權利」兩字是從不曉得有那回事的，那樣又滑稽又悲苦的臉，那樣無怨無恨的平靜。

月亮漸高，病人簇擁，古大夫的藥囊漸漸空了。我跑回去找自己的藥包，家人一向健康，這藥包也只是象徵性帶在身邊，取那幾顆藥出來真怕人笑，但如果能解一個人的一時之痛也是好的，三十年睽違的故人，千萬里相隔的故國，此刻一丸藥，杯水車薪又救得了什麼，但只讓這帖藥權作一份小小的問候吧，我們會繼續關懷的。

●

「胃痛都在什麼時候發？」

被問的是一個白瘦而清秀的少年，他拘謹地坐在椅子上。

「吃完飯還痛不痛？」

「吃完不痛。」他小聲而恭謹地回答。

醫生給了他藥，他立刻站起來雙手接了，一個極有家教的孩子。

望著他，我的心惻惻地痛起來，連我這樣的外行也看得出來，那孩子需要的不僅是藥，也是發育期間的食物。在美斯樂，在聯華新村，中國人一般仍吃兩頓，小孩子五點多到校，上完二節課，八點回家吃早飯，然後父母就到田裡去了，五點以前，孩子看不到父母，也沒有飯，如果有一份營養午餐就可以解決那裡的問題，然而……

然而那孩子的前途如何呢？在聯華新村，學校只設到小學，如果要升學，得跑到美斯樂去，到那裡可以再多受三年教育，然後機會好的可以到臺灣，可是，這種「留學生涯」每學年得要兩萬臺幣，誰出得起呢？

在聯華新村復華小學四年級的教室裡，講臺後面題著一行漂亮的毛筆字：「文章千古事，忠孝一生心。」初在異國看到這個句子，心頭凜然，如入古剎而得見鎮山寶，一時竟僵呆在那裡，後來又在教室後面的黑板上看到這樣一段話：

時間真的是很快，轉眼間一個學期又在不知不覺中過去了，大家可曾想過當我們在一塊兒努力讀書研究新知識一同遊戲時，是何等地快樂、高興，雖然有時不免會吵，但也總在歡笑中重新和好如初。

但可惜好景不常，轉眼間我們就要分手，心中真有無限難捨之情，但天下哪有不散的筵席，蒼天既是如此安排，我們也只有隨之，但願大家能記得彼此間的感情，讓我們永遠成為好朋友，在這人生漫長的旅途中，彼此照應，我們的友誼永固。

級任順題

老師是好老師，孩子也是好孩子，但是，眼前這孩子卻病著，他該吃的分明不是藥，而該是雙親不在家時一包香脆的蘇打餅乾，但餅乾何由而來呢？更嚴重的是住在這裡的孩子將怎樣長大呢？他們有頭痛的，有肚裡生蟲的，有高燒留下後遺症的，他們將怎樣一一長大呢？

●

「從去年九月十五就開始咳出血來。」病人一張長尖臉，從鼻翼到下巴兩條深深的溝紋。

「怎麼樣的時候會咳？」

「白天做田，使力使多了晚上回來就會多咳痰，少使力氣嘛就少咳痰。」

「菸抽不抽？」

「紙菸不敢抽了，抽水菸。」

村人的水菸袋是自己做的，用一根四尺長的碗口粗大的竹子做，吸起來呼嚕呼嚕，讓人以為自己回到了民初。

「可能是支氣管炎，要驗痰，這次我們沒有設備不能幫你做——你好好保養。」

「保養？沒有辦法。」老人說得乾脆俐落。

「做田不要太出力。」

「不做田那也不行。」仍然是直話直說。

泰國本身的農民獨得天惠，田裡的黑土竟有四、五英尺之深，只要肯做總有得吃。臺灣的黑土只有一尺，但卻多得人力之助，有千萬人把智慧投注其中，改良了生產方式。但這村中的人分到的是一片瘠地，既乏天惠，又無國恩，連牛也買不起一頭，更遑論耕耘機了。一個老人也只能在耕田、吃飯和咳痰中生存。怨斯文的泰王或美麗的泰后嗎？對泰國人而言他們都是仁慈之君，他們有什麼義務來照顧別人的國民？

在泰國北部一個叫清邁的觀光城，來自歐洲、美國和日本的觀光客倚坐在腥紅的羊毛地毯上吃泰式晚宴，泰式的音樂奏著，泰式的舞旋轉著，一切那樣溫柔祥和，然後是「少數民族」出來跳土風舞，節目主持人用英語說，這是苗，這是玀玀，這是阿卡……，舞一支一支地跳，節目主持人說，他們來自中國南方，「非常非常快活的種族」。

誰是「非常非常快活的種族」？觀光客當然不會去深究，而原來身在中國南方的種族到底受不了什麼才流落在泰國，向表演場中討一口飯吃？觀光客是不屑傷這種腦筋的。美麗的節目主持人啊，觀光客才是那「非常非常快活的種族」呢，漢族也罷，苗族也罷，舉目斯世，滔滔濁浪中我只見「非常非常悲痛的種族」啊！

十二點，人潮漸漸散了，瓦斯燈用久了就開始黯淡下去，我們相顧默然，這一番夜診，診的是什麼呢？一整個世代的國仇家恨，許許多多不曾喊冤的中國人的冤情，一些再多問一句就要號啕的往事。遙想曼谷皇宮中的玉佛寺裡，大僧侶將一束玫瑰花沾上清水，往信徒頭上灑去，男女老幼瘋狂地跪向前去承受那一點一滴的水珠，但這世上有沒有一滴甘露是給這些受苦受熬的中國人的呢？

蛙聲更揚，月亮剛剛好走到中天的位置，風亦如水，月亦如水。古大夫收拾起他的手術刀，血壓計和聽診器，我在筆記本上簡單寫下：「七十年七月十六日，泰北清萊省聯華新村夜診」，寫七十年（一九八一）是記實，因為不管周圍的泰國人在怎樣過著他們的佛曆二五二四年，這片小小的村聚裡，卻兀自在行文上過著民國年號的有情歲月。

——選自《再生緣》

千手萬指的母親

我的母親，賦我以骨血筋肉的那女子，當年雙溝鎮上的謝家三小姐，如今養大了七個孩子，住在屏東常年不斷的陽光裡，養著前庭後院開不完的海棠花……，我對她自有說不盡的感恩，但我現在要講的，卻不是她。

我要說的是有一年，丈夫到泰國北端，坐著輪胎上纏著鍊條以防滑失的吉普車，在泥濘中勉強登山，艱難萬分地上了住著三十多年老難民的山頭——美斯樂，那裡的副部隊長熊先生兼任興華中學的校長，當時他正打擺子（即瘧疾），躺在床上，蓋著棉被，兀自發抖，但是抖歸抖，他手上卻捧著一本《四書》，邊抖邊看。

丈夫回來說起那幅畫面，我心底暗暗發誓一定要去那裡一趟，一定要去看看，看那位叫「中國」的母親的手，怎樣撫育著海外的孤臣孽子。《論語》是這位千手母親的一隻小指，我渴望看到這位母親其他的手，其他的接觸，我渴望看到她的莊嚴寶相。

去年七月，我們去了，因為是兩個人同去，所以又不得不帶著孩子，旅途雖然吃苦，總算都在我們體力可支的範圍內。終於到了美斯樂，這三十多年前從西南邊境出亡異國的難民的精神堡壘。

美斯樂的山徑上，偶然見一位白先生的家門口貼一副對聯：

經營不減琴書趣

貨殖猶存翰墨香

呆看許久，雖未見白先生本人，心裡卻幾乎能把他的形象想個差不多，一個讀書人，千里從軍，做夢也未想到會萬死投荒來到這異國深山的草萊中求生存，而且這一留就是大半輩子，為了生活，不得不做些小生意，而中國的指觸卻在一副門聯上輕輕地撫過，在欲晴欲雨欲風的山頭，我恭立路旁，記下那句話，記下母親的手的優美形象。

在雷雨田將軍的山宅裡，看他種石榴、種梔子、種茉莉，看他曬一撮茶葉，聽他說：「治中國，處治世，宜用王道；對外強，處亂世，須用霸道。」心中凜然生敬，母親的手啊，摩挲著孤臣的心。

學校在較遠的山頭上，小孩上下階梯如履平地，半截剖開的樹樁上，寫著「禮義廉恥」四個字。失去百分之九十九以上的國土，可以，失去九億人民，可以，但禮義廉恥是國本，永不可失，雖然刻在簡陋的半截樹樁上，卻兀自矗如泰山。

相書上以「女手如薑」為貴，中國的手也是如此硬澀而剛烈，撫過肩頭的時候，慈愛中有耳提面命的期許，溫柔中有老繭觸肉的微痛。

美斯樂山頭有一棟漂亮的行宮，是泰國高級領袖每逢時局緊張前來商議就教的地方，外面有一涼亭，可以俯覽全村，我們去時只見一個面色凝寂的男孩在唸書，看他年紀也不小了，卻在唸一本注音符號的書，前去相問原來他叫楊建國，十九歲，家住緬甸（按：緬甸算共區），開當鋪，卻供他來泰北念中文，他的中文程度好不了是可想而知的，但看他一個人獨據山亭苦苦唸誦，心裡不知為什麼老覺得對不起他，一樣讀中國書，憑什麼我就可以按部就班受專家的指導一帆風順在廿一歲就念完中文系，而十九歲的他卻仍是摸索注音的初中生，但其實他仍然還算幸運的，還有許多人羨慕他呢！只是不管天運如何，母親的手卻如春風一樣廣被，當年在外雙溪畔怎樣感動我的經典，日後也將感動這少年。

千手的母親，萬指的母親，無所不及的撫觸，我要怎樣才說得完她的故事！

——選自《三弦》

用地毯來記憶

世界上大大小小的城市好歹都有個機場，機場或漂亮或壯觀或管理井然或豪華氣盛或因創意湧現而風情萬種，或如三家村野店，質樸無華，皆無不一一令人印象深刻。畢竟，那是我們「初履貴寶地」的第一印象。

但我獨對香港機場難忘。

香港機場建在大嶼山，稱為山，其實是一小島，興建的時期是英國統治的末幾年。大英帝國畢竟有世家子的氣度，殖民一場，大家好聚好散，機場算是他們送給分手情人的精品禮物，用以永誌高誼。

機場外觀之簡明俐落或視線之平遠壯闊都不在話下，而交通動線之方便快捷雖稱完美，但在全球來講也不算「只此一家，別無分號」。香港機場可貴處一般人大概很快就可以注意到，他們會在你寄完行李把大型手推車歸還以後，居然很貼心地再為旅客準備一臺小型手推車。小推車小巧精緻，但對婦女或老年人卻是恩物，因為提著手提行李走過機場大廳也幾乎等於跋涉千山萬水，橫絕大漠荒煙，迢迢之路，步步都是艱難困阻啊！

如果有人去統計一下，我相信「老中」是世人中手提行李件數最多，重量最沉實的一族了。出遠門嘛，奇華餅家、巧克力、菸、酒、新東陽……好歹總要買幾盒啦，誰沒有個三親六戚的？而這些都不適合託運行李，把餅摔成餅渣，那還成話嗎？所以，這個以華人為主的機場，充滿來往穿梭的「大包小包族」，這些迷你小推車乃應運而生。

關於這件事，我可不可以動用「愛」這個動詞呢？政客慣於說「愛民」或說「民之所欲，常在我心」，我因而不太屑於用那個「愛」字了，因為那個字被那些爛人說來說去早都變成髒話了。但禮失求之於野，如今能在香港機場裡遇見「兼愛」兩字的現實註腳，教人不感動也不行。

不過，香港機場最感動我的還不在此，而在於機場中的地毯。機場大，平面面積當然也大，地毯漫地鋪過去，平整美麗如小湖的湖面。但感動我的當然並不在地毯本身，地毯全世界機場都有，一般而言波斯或印度系統的用色特別美麗。香港的地毯並沒有阿拉伯世界的炫奇豔魅的繁富色彩，它只是不起眼的淺灰深灰加上淺米和寶藍交錯成的小格子，非常非常地不引人注意。

但我每次經過香港機場，看到那片地毯上的圖案，都勾起內心極大的震撼。我試著問其他香港朋友或臺灣朋友，他們都說沒什麼，他們看這片地毯就只是地毯罷了。

這件事，當然一時也沒什麼公理可言，我只好試著把自己假想成地毯圖案的原始設計者（我無緣得識此人，有讀者可以幫我找到此人嗎？），下面是我假擬的「設計構想」之說明：

我很榮幸向你們提出我對香港機場的地毯圖案的基本想法：

我的想法是「想讓香港成為一個有記憶的城市」。

香港為什麼要成為一個有記憶的城市呢？那是因為這個城市的記憶是值得自豪的。

百年前的人都死了，那些滿洲大官和英國皇族的協商，昔日的戰爭和勝負和談判和國際冷暖，百年來都由這個城市承受了。但這個當年小小的多岩岬的溫暖漁港，後來卻成為美麗光燦的東方明珠。曾經，如果你問當年中國大陸八億人民，天堂的位置在哪裡？他們必定會眾口一辭地告訴你，天堂在香港。

這樣的地方其實並不是天堂，它只是幾百萬噍類（編按：噍類指活人，亦指張嘴嚼食的生命）長期經之營之的家園。在這裡沒有祖國，卻有道統，沒有一代宗師，卻有井然管理。而且，好玩的是，這裡的人死守著他們的語言，忠心不二。例如分明是去看西醫求診斷，他們竟會說成去「睇脈」（「睇脈」是看脈或把脈的意思）。「停車」，在香港說成「泊車」，彷彿大街小巷一時全成了碼頭，而港人仍是古代漁民，駕一葉扁舟，在港灣裡求一位置以繫船。至於老外，在港人嘴裡早經正名為「鬼」或「番鬼」，港人大大方方替「鬼」做編目分類，成年男女分別是「鬼佬」、「鬼婆」，年輕的則是「鬼妹」、「鬼仔」，精密正確絕不混淆，至於從事色情行業的則另有名目叫「鹹水妹」。

在這裡每一個人都想死了賺錢，但絕大部分的市民，賺的其實只是血汗錢。或如阿婆在「傳統街市」賣著一小盤一小盤的豬腸粉，下鋪薄紙一張，算是衛生措施。或如小雜貨店裡賣一串金黃色的剝好的新會橙皮（新會，這是梁啟超的故鄉，當地出產的小橙，直徑只四、五公分，皮芳香，比較貴，橙肉不太好吃，反可以便宜購得），或如車衣廠中的女工沒日沒夜的趕工……。

曾經，在香港這個地方——包括啟德機場和一般寫字樓——地上鋪的都是一寸見方的人稱馬賽克的小塊磁磚。它便宜、耐磨、耐空氣中的鹽分，也不怕潮濕，它是香港早期建材中的主角，雖然，它看來並不是那麼尊貴。

有一天，如果你有幸站在新的大嶼山赤鱲機場，一眼望去，全是那蓋地而來的地毯。奇怪的是，你會發覺我用的雖是柔軟的纖維材質，圖案看來卻分明希望讓人想起五〇年代的硬硬的、耐用的馬賽克小磁磚，我想用地毯上的小磁磚圖形來記憶，記憶一段艱困、清貧、務實、赤手拚搏的年代，並且記憶汗水、淚水、記憶愛。

——選自《送你一個字》

對，我是這樣來替我所不認識的設計者轉述了他的設計概念，我也試圖為萬千旅客解讀香港機場中那片地毯上的磁磚圖案。

第五章／方物

藍水手

旅行美國，最喜歡的不是夏威夷，不是佛羅里達，不是劇場，不是高速公路或迪士尼樂園，而是荒地上的野花。

在亞利桑那，高爽的公路上車行幾小時，路邊全是迤邐的野花，黃粲粲的一逕開向天涯，倒教人懷疑那邊種的是一種叫做「野花」的農作物，野牛和印第安人像是隨時會出現似的。

多麼豪華的使用土地的方法，不蓋公寓，不闢水田，千里萬里的只交給野花去大展宏圖。

在芝加哥，朋友驅車帶我去他家，他看路，我看路上的東西。

「那是什麼花？」

「不知道。」

「那種鳥呢？」

「不知道，我們家附近多得是。」

他興匆匆地告訴我，一個冬天他是怎樣被大雪所困，回不了家，在外面住了幾天旅館，又說Sears Tower怎樣比紐約現有的摩天大樓都高一點。

可是，我固執地想知道那種藍紫色的，花瓣舒柔四伸如絹紗的小花。

我愈來愈喜歡這種不入流的美麗。

一路東行，總看到那種容顏。終於，在波士頓，我知道了它的名字，「藍水手」，Blue Sailor。

像一個年輕男孩，一旦驚訝於一雙透亮的眼睛，便忍不住千方百計去知道她的名字——知道了又怎樣，其實仍是一樣，只是獨坐黃昏時，讓千絲萬縷的意念找到一個虛無的，可供掛跡的枝柯罷了。

知道你自己所愛的一種花，歲歲年年，在異國的藍空下安然地開著，雖不相見，也有一份天涯相共的快樂。

——選自《步下紅毯之後》，摘錄於〈花之筆記（一）〉

問名

萬物之有名，恐怕是由於人類可愛的霸道。

〈創世記〉裡說，亞當自悠悠的泥骨土髓中乍醒過來，他的第一件「工作」竟是為萬物取名。想起來都要戰慄，分明上帝造了萬物，而一個一個取名字的竟是亞當，那簡直是參天地之化育，抬頭一指，從此有個東西叫青天，低頭一看，從此有個東西叫大地，一迴首，奪神照眼的那東西叫樹，一傾耳，樹上嚶嚶千囀的那東西叫鳥……。而日升月沉，許多年後，在中國，開始出現一個叫仲尼的人，他固執地要求「正名」，他幾乎有點迂，但他似乎預知，「自由」跟「放縱」，「愛情」和「色欲」，「人權」和「暴力」是如何相似又相反的東西，他堅持一切的禍亂源自「名實不副」。

我不是亞當，沒有資格為萬物進行其驚心動魄的命名大典。也不是仲尼，對於世人的「魚目混珠」唯有深嘆。

不是命名者，不是正名者，只是一個問名者。命名者是偉大的開創家，正名者是憂世的挽瀾人，而問名者只是一個與萬物深深契情的人。

也許有幾分痴，特別是在旅行的時候，我老是煩人地問：

「那是什麼？」

別人答不上來，我就去問第二個，偏偏這世界就有那麼多懵懂的人，你問他天天來他家草坪啄食的紅胸綠背的鳥叫什麼，他居然不知道。你問他那條河叫什麼河，他也好意思抵賴說那條河沒名字。你問他那些把他家門口開得一片鬧霞似的花樹究竟是桃是李，也不負責任地說「不清楚」。

不過，我也不氣，萬物的名氏又豈是人人可得而知的。別人答不上來，我的心裡固然焦灼，但卻更覺得這番「問名」是如此慎重虔誠，慎重得像古代婚姻中的「問名」大禮。

讀《紅樓夢》，喜歡寶玉的痴，他闖見小廝茗煙和一個清秀的女孩子在一起，沒有責備他的大膽，卻恨他連女孩子姓什麼叫什麼都不知道。不知名就是不經心，奇怪的是有人竟能如此不經心地過一生一世。寶玉自己是連聽到劉姥姥說「雪地裡女孩兒精靈」的故事，也想弄清楚她的姓名而去祭告一番的。

●

有一次，三月，去爬中部的一座山，山上有一種蔓藤似的植物，長著一種白紫交融細細披紛的花。我蹲在山徑上，凝神地看，山上沒有人，無從問起。忽然，我發現有些花已經結了小果實了，青綠橢圓，我摘了一個下山去問人，對方瞄了一眼，不在意地說：

「那是百香果啊，滿山都是的！現在還少了一點，從前，我們出去一撿就一大籮。」

我幾乎跌足而歎，原來是百香果的花，那麼芳香濃郁的百香果的花。如果再遲兩個月來，滿山豈不都是些紫褐色的果子，但我也不遺憾，我到底看過它的花了，只可惜初照面的時候，不能知名，否則應該另有一番驚喜。

野牡丹的名字是今年春天打聽出來的，一旦知道，整個春天竟然都過得不一樣了。每次穿山徑到圖書館影印資料，它總在路的右側紫豔豔地開著，我朝它詭祕一笑，心裡的話一時差不多已溢到嘴邊：

「嗨，野牡丹，我知道你的名字了，滿好聽的呀——野牡丹。」

它望著我，也笑了起來，像一個小女孩，又想學矜持，又裝不來。於是忍不住傻笑：

「咦？誰告訴你的？你怎麼曉得我的名字的？」

「安娜女王的花邊」（Queen Anna's Lace）是一種美國野花的名字，它是在我心灰意冷問遍朋友沒有一個人能指認得出來的時候，忽然獲知的。告訴我的人是一個女畫家，那天，她把車子停在寧靜安詳的小城僻路上，指著那一片由千百朵小如粟米的白花組成的大花告訴我，我一時屏息瞠目，簡直不敢相信那是真的。當下只見路邊野花蔓延，世界是這樣無休無止的一場美麗，我忽然覺得幸福得不知說什麼才好。恍如古代，河出圖，洛出書——那本不希奇，但是，聖人認識它，那就不一樣了。而我，一個平凡的女子，在夏日的薰風裡，在漫漫的綠向天涯的大地上，只見那白花欣然怡悅地浮上來，像河圖洛書一樣地浮上來，我認識它嗎？一朵花裡有多少玄機，太平盛世會由於這樣一個祥兆而出現嗎？

我如呆如痴地坐著，一朵花裡有多少玄機？

●

菜單上也有好名字。

有一種貝殼，叫「海瓜子」，聽著動人，彷彿是從海水的大瓜瓤裡剖出的西瓜子，想起來，彷彿覺得那菜真充滿了一種嗑的樂趣——嗑下去，殼張開，瓜子仁一般的貝肉就滑落下來……。還有一種又大又圓的貝類，一面是白殼，一面是紫褐色的殼，有個氣吞山河的名字，叫「日月蚶」，吃的時候，簡直令人自覺神聖起來。不知道日月蚶自己知不知道牠叫日月蚶——白的那面像月，紫的那面像日，牠就是天地日月精華之所鍾。

●

吃外國東西，我更喜歡問名了，問了，當然也不懂，可是，把名字寫在記事本上，也是一段小小的人生吧！英雄豪傑才有其王圖霸業的歷史紀錄，小人物的記事冊上卻常是記下些莫名其妙的資料，例如有一種紫紅色的生魚片叫瑪苦瑞，一種薄脆對折中間包些菜肴的墨西哥小餅叫「他可」，義大利餡餅「披薩」吃起來老讓人想起在比薩斜塔（雖然義大利文那兩字毫不相干）。一種吃起來像烤饅頭的英式麵包叫「瑪芬」，Petit Munster是有點臭鹹魚味道的法國乳酪，Artichoke長得像一隻綠色的花，煮熟了一瓣瓣掰下來沾牛油吃，而「黑森林」又竟是一種蛋糕的名字。

記住些亂七八糟的食物名字當然是很沒出息的事情，我卻覺得其中有某種尊敬。只因在茫茫的人世裡，我曾在某種機緣下受人一粥一飯，應當心存謝忱。雖然，錢也許是我付的，但我仍覺得每一個人的一隻盤碗，都有如僧人的缽，我們是受人布施的托缽人，世界人群給我們的太多，我至少應該記下我曾經領受的食物名稱。

自始至終，我是一個喜歡問名的人。

——選自《再生緣》

第六章／傾出古錦囊

一人泉

《明一統志》：一人泉在鍾山高峰絕頂，僅容一勺，挹之不絕，實山之勝處也。

《福建通志》：在福建、龍溪縣東鶴鳴山，其泉僅供一人之吸，故名。

「一人泉」在南京和福建都有。

也許正像馬鞍山、九曲橋，或者桃花溪、李家莊，是在大江南北什麼地方都可能有的地名。

記得明信片上的羅馬城，滿街都是噴泉，他們硬是把橫流的水扭成反彈向天的水晶柱，西方文明就有那麼喧囂光耀，不由人不目奪神移。

但在靜夜我查書查到「一人泉」的時候，卻覺得心上有一塊什麼小塞子很溫柔地揭開了——不是滿城噴泉。而是在某個絕高的峰頂上，一注小小的泉，像一顆心，只能容納一個朝聖者，但每一次脈搏，湧出的是大地的血髓，千年萬世，把一涓一滴的泉給了水勺。

脈脈湧動，挹之不絕，一注東方的泉。在龜山，在福建龍溪縣的東鶴鳴山，以及在我心的絕峰上。

——選自《步下紅毯之後》，摘錄於〈地泉（一）〉

衣履篇

背袋

我有一個背袋，用四方形碎牛皮拼成的，我幾乎天天背著，一背竟背了五年多了。

每次用破了皮，我到鞋匠那裡請他補，他起先還肯，漸漸地就好心地勸我不要太省了。

我拿它去乾洗，老闆娘含蓄地對我一笑，說：「你大概很喜歡這個包吧？」

我說：「是啊！」

她說：「怪不得用得這麼舊了！」

我背著那包，在街上走著，忽然看見一家別致的家具店，我一走進門，那閒坐無聊的小姐忽然迎上來，說：

「咦，你是學畫的吧？」

我堅決地搖搖頭。

不管怎麼樣，我捨不得丟掉它。它是我所有使用過的皮包裡唯一可以裝得下一本辭源，外加一個飯盒的，它是那麼大，那麼輕，那麼強韌可信。

在東方，囊袋常是神祕的，背袋裡永遠自有乾坤，我每次臨出門把那裝得鼓脹的舊背袋往肩上一搭，心中一時竟會萬感交集起來。

多少錢，塞進又流出，多少書，放進又取出，那裡面曾擱入我多少次午餐用的麵包，又有多少信，多少報紙，多少學生的作業，多少名片，多少婚喪喜慶的消息在其中佇足而又消失。

一隻背袋簡直是一段小型的人生。

曾經，當孩子的乳牙掉了，你匆匆將它放進去。曾經，山徑上迎面栽跌下一枚松果，你拾了往袋中一塞。有的時候是一葉青蕨，有的時候是一捧貝殼，有的時候是身分證、護照、公車票，有的時候是給那人買的襪子、燻雞、鴨肫或者阿斯匹林。

我愛那背袋，或者是因為我愛那些曾經真真實實發生過的生活。

背上袋子，兩手就是空的，空了的雙手讓你覺得自在，覺得有無數可以掌握的好東西，你可以像國畫上的隱士去策杖而遊，你可以像英雄擎旗而戰，而背袋不輕不重地在肩頭，一種甜蜜的牽絆。

夜深時，我把整好的背袋放在床前，愛憐地撫弄那破舊的碎皮，像一個江湖藝人在把玩陳舊的行頭，等待明晨的衝州撞府。

明晨，我仍將背上我的背袋去逐明日的風沙。

穿風衣的日子

香港人好像把那種衣服叫成「乾濕褸」，那實在也是一個好名字，但我更喜歡我們在臺灣的叫法——風衣。

每次穿上風衣，我會莫名其妙地異樣起來，不知為什麼，尤其剛扣好腰帶的時候，我在錯覺上總懷疑自己就要出發去流浪。

穿上風衣，只覺風雨在前路飄搖，小巷外有萬里未知的路在等著，我有著一簑煙雨任平生的莽莽情懷。

穿風衣的日子是該起風的，不管是初來乍到還不慣於溫柔的春風，或是綠色退潮後寒意陡起的秋風。風在雲端叫你，風透過千柯萬葉以蒼涼的顫音叫你，穿風衣的日子總無端地令人淒涼——但也因而無端地令人雄壯。

穿了風衣，好像就該有個故事要起頭了。

必然有風在江南，吹綠了兩岸，兩岸的楊柳帷幕……

必然有風在塞北，撥開野草，讓你驚見大漠的牛羊……

必然有風像舊戲中的流雲綵帶，圓轉柔和地圈住一千一百萬平方公里的海棠殘葉。

必然有風像歌，像笛，一夜之間散遍洛城。

曾翻閱過漢高祖的白雲的，曾翻閱唐玄宗的牡丹的，曾翻閱陸放翁的大散關的，那風，今天也翻閱你滿額的青髮，而你著一襲風衣，走在千古的風裡。

風是不是天地的長喟？風是不是大塊在血氣湧騰之際攪起的不安？

風鼓起風衣的大翻領，風吹起風衣的下襬，刷刷地打我的腿。我瞿然四顧，人生是這樣遼闊，我覺得有無限渺遠的天涯在等我。

旅行鞋

那雙鞋是麂皮的，黃銅色，看起來有著美好的質感，下面是軟平的膠底，足有兩公分厚。

鞋子的樣子極笨，禿頭，上面穿鞋帶，看起來牢靠結實，好像能穿一輩子似的。

想起「一輩子」，心裡不免愴然暗驚，但驚的是什麼，也說不上來，一輩子到底是什麼意思，半生又是什麼意思？七十年是什麼？多於七十或者少於七十又是什麼？

每次穿那鞋，我都忍不住問自己，一輩子是什麼，我拚命思索，但我依然不知道一輩子是什麼。

已經四年了，那鞋禿笨厚實如昔，我不免有些恐懼，會不會，有一天，我已老去，再不能赴空山靈雨的召喚，再不能一躍而起前赴五湖三江的邀約，而它，卻依然完好。

事實上，我穿那鞋，總是在我心情最好的時候，它是一雙旅行鞋，我每穿上它，便意味著有一段好時間好風光在等我，別的鞋底慣於踏一片黑沉沉的柏油，但這一雙，踏的是海邊的濕沙，岸上的紫巖，它踏過山中的泉澗，踱盡林下的月光。但無論如何，我每見它時，總有一絲悵然。

也許不為什麼，只為它是我唯一穿上以後真真實實去走路的一雙鞋，只因我們一起踩遍花朝月夕萬里灰沙。

或穿或不穿，或行或止，那鞋常使我驚奇。

牛仔長裙

牛仔布，是當然該用來做牛仔褲的。

穿上牛仔褲顯然應該屬於另外一個世界，但令人訝異的是牛仔布漸漸地不同了，它開始接受了舊有的世界，而舊世界也接受了牛仔布，於是牛仔短裙和牛仔長裙出現了。原來牛仔布也可以是柔和美麗的，牛仔馬甲和牛仔西裝上衣，牛仔大衣也出現了，原來牛仔布也可以是典雅莊重的。

我買了一條牛仔長裙，深藍的，直拖到地，我喜歡得要命。旅途中，我一口氣把它連穿七十天，髒了，就在朋友家的洗衣機裡洗好、烘好，依舊穿在身上。

真是有點瘋狂。

可是我喜歡帶點瘋狂時的自己。

所以我喜歡那條牛仔長裙，以及穿長裙時候的自己。

對旅人而言，多餘的衣服是不必的，沒有人知道你昨天穿什麼，所以，今天，在這個新驛站，你有權利再穿昨天的那件，旅人是沒有衣櫥沒有穿衣鏡的，在夏天，旅人可憑兩衫一裙走天涯。

假期結束時，我又回到學校，牛仔長裙掛起來，我規規矩矩穿我該穿的衣服。

只是，每次，當我拿出那條裙子的時候，我的心裡依然漲滿喜悅，穿上那條裙子我就不再是母親的女兒或女兒的母親，不再是老師的學生或學生的老師，我不再有任何頭銜任何職分。我也不是別人的妻子，不必管那四十二坪的公寓。牛仔長裙對我而言漸漸變成了一件魔術衣，一旦穿上，我就只是我，不歸於任何人，甚至不隸屬於大化。因為當我一路走，走入山，走入水，走入風，走入雲，走著，走著，事實上竟是根本把自己走成了大化。

那時候，我變成了無以名之的我，一逕而去，比無垠雪地上身披腥紅斗篷的寶玉更自如，因為連左右的一僧一道都不存在。我只是我，一無所繫，一無所屬，快活得要發瘋。

只是，時間一到，我仍然回來，扮演我被同情或被羨慕的角色，我又成了有以名之的我。

我因此總是用一種異樣的情感愛我的牛仔長裙——以及身繫長裙時的自己。

項鍊

溫柔之必要
肯定之必要
一點點酒和木樨花之必要

那句子是瘂弦說的。

項鍊，也許本來也是完全不必要的一種東西，但它顯然又是必要的，它甚至是跟人類文明史一樣長遠的。

或者是一串貝殼，一枚野豬牙，或者是埃及人的黃金項圈，或者是印第安人的天青色石頭，或者是中國人的珠圈玉墜，或者是羅馬人的古錢，以至土耳其人的寶石……項鍊委實是一種必要。

不單項鍊，一切的手鐲、臂釧，一切的耳環、指環、頭簪和胸針，都是必要的。

怎麼可能有女孩子會沒有一只小盒子呢？

怎麼可能那只盒子裡會沒有一圈項鍊呢？

田間的番薯葉，堤上的小野花，都可以是即興式的項鍊。而作小女孩的時候，總幻想自己是美麗的，吃完了釋迦果，黑褐色的種子是項鍊，連爸爸抽完了菸，那層玻璃紙也被扭成花樣，串成一環，那條玻璃紙的項鍊終於只做成半串，爸爸的菸抽得太少，而我長大得太快。

漸漸地，也有了一盒可以把玩的項鍊了，竹子的、木頭的、石頭的、陶瓷的、骨頭的、果核的、貝殼的、鑲嵌玻璃的，總之，除了一枚值四百元的玉墜，全是些不值錢的東西。

可是，那盒子有多動人啊！

小女兒總是瞪大眼睛看那盒子，所有的女兒都曾喜歡「借用」媽媽的寶藏，但她真正借去的，其實是媽媽的青春。

我最愛的一條項鍊是骨頭刻的（刻骨兩個字真深沉，讓人想到刻骨銘心，而我竟有一枚真實的刻骨，簡直不可思議），以一條細皮革繫著，刻的是一個拇指大的襁褓中的小娃娃，圓圓扁扁的臉，可愛得要命。買的地方是印第安村，賣的人也說刻的是印第安嬰兒，因為只有印第安人才把娃娃用繩子綁起來養。

我一看，幾乎失聲叫起來，我們中國娃娃也是這樣的呀，我忍不住買了。

小女兒問我那娃娃是誰，我說：

「就是你呀！」

她仔細地看了一番，果真相信了，滿心歡喜興奮，不時拿出來摸摸弄弄，真以為就是她自己的塑像。

我其實沒有騙她，那骨刻項鍊的正確名字應該叫做「嬰兒」，它可以是印第安的嬰兒，可以是中國嬰兒，可以是日本嬰兒，它可以是任何人的兒子、女兒，或者它甚至可以是那人自己。

我將它當胸而掛，貼近心臟的高度，它使我想到「彼亦人子也」，我的心跳幾乎也因此溫柔起來，我會想起孩子極幼小的時候，想起所有人類在襁褓中的笑容。

掛那條項鍊的時候，我真的相信，我和它，彼此都美麗起來了。

——選自《步下紅毯之後》，摘錄於〈衣履篇〉

遇

遇者，不期而會也

——《論語・義疏》

1

生命是一場大的遇合。

一個民歌手，在洲渚的豐草間遇見關關和鳴的雎鳩——於是有了詩。

黃帝遇見磁石，蒙恬初識羊毛，立刻有了對物的驚歎和對物的深情。

牛郎遇見織女，留下的是一場惻惻然的愛情，以及年年夏夜，在星空裡再版又再版的永不褪色的神話。

夫子遇見泰山，李白遇見黃河，陳子昂遇見幽州臺，米開朗基羅在渾沌未鑿的大理石中預先遇見了少年大衛，生命的情境從此就不一樣了。

就不一樣了，我渴望生命裡的種種遇合，某本書裡有一句話，等我去讀、去拍案。田間的野老，等我去了解、去驚識。山風與髮，冷泉與舌，流雲與眼，松濤與耳，他們等著，在神祕的時間的兩端等著，等著相遇的一剎——一旦相遇，就不一樣了，永遠不一樣了。

我因而渴望遇合，不管是怎樣的情節，我一直在等待著種種發生。人生的棧道上，我是個趕路人，卻總是忍不住貪看山色。生命裡既有這麼多值得佇足的事，相形之下，會不會誤了宿頭，也就不是那樣重要的事了。

2

匆匆告別主人，我們搭夜間飛機前往維吉尼亞，殘雪未消，我手中猶自抱著主人堅持要我們帶上飛機的一袋蘋果和一袋蛋糕。

那是中美斷交後的一個月，華盛頓大雪，據說五十年來最盛的一次。我們趕去上一個電視節目，人累得像泥，卻分明知道心裡有組鋼架，橫橫直直地把自己硬撐起來。

我快步走著，忽然，聽到有人在背後喊了一聲音調奇怪的中國話。

「你好嗎？」

我跟丈夫匆匆回頭，只見三個東方面孔的年輕男孩微笑地望著我們。

「你好，你們從哪裡來的？」

「我們不會說中文。」一臉色特別紅潤的那一個用英文回答。

「你剛才不是說了嗎？」我們也改用英文問他。

「我只會說那一句，別人教我的。」

「你們是ＡＢＣ（華裔美人）？」

「不是。」

「日本人？」

「不是，你再猜。」

夜間的機場人少，顯得特別空闊寬大，風雪是關在外面了，我望著三張無邪的臉，只覺一陣暖意。

「泰國人？」

「不是。」

「菲律賓人？」

「不是。」

愈猜不到，他們孩子式的臉就愈得意。離飛機起飛時間已經不多，我不明白自己怎麼會站在那裡傻傻地跟他們玩猜謎遊戲。

「你怎麼老猜不到，」他們也被我一陣亂猜弄急了，忍不住大聲提醒我：「我們是你們最好最好的朋友啊！」

「韓國人！」我跟丈夫同時叫了起來。

「對啦！對啦！」他們三個也同時叫了起來。

時間真的不多了，可是，為什麼，我們仍站在那裡，彼此用破碎的英文繼續說著……

「你們入了美國籍嗎？你們要在這裡住下去嗎？」

「不要，不要。」我們說。

「觀光？」

「不觀光，我們要去維吉尼亞上電視，告訴他們臺灣是個好地方，我們要讓他們知道我們是值得尊敬的。」

「有一天，我們也要去臺灣看看。」

「你們叫什麼名字？」

他們把歪歪倒倒的中文名字寫在裝蘋果的紙袋上，三個人裡面有兩個是兄弟，大家都姓李。我也把我的名字告訴他們。播音器一陣催促，我們握了手沒命地往出口奔去。

那麼陌生，那麼行色匆匆，那麼辭不達意，卻又能那麼掏心扒肺，剖肝瀝膽。不是一對中國夫婦在和三個韓國男孩說話，而是萬千東方苦難的靈魂與靈魂相遇。使我們相通相接的不是我們說出來的那一番話，而是我們沒有說出來的那一番話，是三十年的大劫，是民族史上血枯淚盡說不完的委屈——所有的受苦民族是血脈相連的兄弟，因為他們曾同哺於鹹苦酸痛的祖國乳汁。

我已經忘了他們的名字，想必他們也忘了我們的，但我會一直記得那高大空曠的夜間機場裡，那一小堆東方人在一個小角落上不期然的相遇。

3

菲律賓機場意外地熱，雖然，據說七月並不是他們最熱的月分。房頂又低得像要壓到人的頭上來，海關的手續毫無頭緒，已經一個鐘頭過去了。

小女兒吵著要喝水，我心裡焦煩得要命，明明沒幾個旅客，怎麼就是搞不完。我牽著她四處走動，走到一個關卡，我不知道能不能貿然過去，只呆呆地站著。

忽然，有一個皮膚黝黑，身穿鏤花白襯衫的男人，提著個○○七的皮包穿過關卡，頸上一串茉莉花環。看他的樣子不像是中國人。

茉莉花是菲律賓的國花，串成兒臂粗的花環白盈盈的一大嘟嚕，讓人分不出來是由於花太白，白出香味來了，還是香太濃，濃得凝結成白色了。

而作為一個中國人，無論如何總霸道地覺得茉莉花是中國的，生長在一切前庭後院，插在母親鬢邊，別在外婆衣襟上，唱在兒歌裡的：

「好一朵美麗的茉莉花……」

我攙著小女兒的手，痴望著那花串，一時也忘了溜出來是幹什麼的。機場不見了，人不見了，天地間只剩那一大串花，清涼的茉莉花。

「好漂亮的花！」

我不自覺地脫口而出。用的是中文，反正四面都是菲律賓人，沒有人會聽懂我在喃喃些什麼。

但是，那戴花環的男人忽然停住腳，回頭看我，他顯然是聽懂了。他走到我面前，放下皮包，取下花環，說：

「送給你吧！」

我愕然，他說中國話，他竟是中國人，我正驚詫不知所措的時候，花環已經套到我的頸上來了。

我來不及地道了一聲謝，正驚疑間，那人已經走遠了。小女兒興奮地亂叫：

「媽媽，那個人怎麼那麼好，他怎麼會送你花的呀？」

更興奮的當然是我，由於被一堆光瑈晶射的白花圍住，我忽然自覺尊貴起來，自覺華美起來。

我飛快地跑回同伴那裡去，手續仍然沒辦好，我急著要告訴別人，愈急愈說不清楚，大家都半信半疑以為我開玩笑。

「媽媽，那個人怎麼那麼好，他怎麼會送你花的呀？」小女兒仍然誓不甘休地問。

我不知道，只知道頸間胸前確實有一片高密度的花叢，那人究竟是感動於乍聽到的久違的鄉音？還是簡單地想「寶劍贈英雄」，把花環送給賞花人？還是在我們母女攜手處看到某種曾經熟悉的眼神？我不知道，他已經匆匆走遠了，我甚至不記得他的面目，只記得他溫和的笑容，以及非常白非常白的白衫。

今年夏天，當我在南部小城母親的花圃裡摘弄成把的茉莉，我不由想起去夏我曾偶遇到一個人，一串花，以及魂夢裡那圈不凋的芳香。

——選自《再生緣》

他們都不講理

變葉

溪頭有許多樹，高大美麗，不可狎玩——溪頭當然也有小樹，不過連小樹也都如王子公主，從幼年就隱然有一種君臨天下的氣象。

奇怪的是，早晨起來，獨見有一株樹，上面還翠著，下面的枝子卻東西南北亂伸出去，不見一絲綠色。

代替綠色的一枝一枝站得滿滿的白鴿，別的樹是皇族，這一株卻有野老之風，容得了人。從白鴿那種端然不動，怡然自足的架式看來，牠們顯然是把自己看成是一種被吸收被接納的樹葉了。真是荒謬，幾曾看過樹會長出這種白葉子來？即使有白葉子，這種針樅杉樹也不該有那麼大的葉子。好，就算我們特准它長得那麼大，也沒聽說過葉子會咕咕咕地說個不停的，不但如此，還有更離譜的怪事，作為一片葉子，它竟振翅一飛，並且滿林盤桓，最後竟又飛回到樹上去了。向來只有枯葉辭枝的事，幾曾見過離枝的葉子又飛回來生長的怪事？

我得要去請教森林系的系主任，林場裡什麼時候出現了這奇怪的變種樹，也許系主任會帶我去翻一本很專門的論文，也許他也搞不懂為什麼會有這種奇怪的變葉。

我去看豎在地上的小木牌，上面這樣寫著：

巒大杉

本省固有，為重要之建築、電桿、棺槨及鉛筆桿之用途。

奇怪，我心裡想，我一定跟它認識的。曾經，在我作孩子的時候，我用過它做的鉛筆。曾經我住在以它為建材的房子裡。曾經，我用這種木料為電線桿而傳來的電。而總有一天，我會躺在它安詳的木紋上以它為墊被，以它為罩毯，沉沉睡去。

奇怪，如此依仗於它，如此深契於它，我卻弄不清它怎會如此長滿一身變葉。銀白的葉子，闊大的葉子，咕咕然說個不停而又旋飛旋回的葉子？

芋葉之可能

車往山上爬，山往雲上爬，雲往無處爬，我卻跌下來被夾道的綠催眠了。像故事中的陳摶，一臥九百年，忽忽然不知世上已是幾世幾劫。

乍然醒來，只見車窗外一道枯澗掛在山壁上，澗裡一片片綠色的芋頭葉子。只是等我定神再一看，哪裡有芋頭葉子，只是一些渾渾噩噩的大石頭罷了。奇怪，我怎麼會把石頭看作芋頭葉子的？這件事太沒道理也太蹊蹺。我想再細看一眼，車子卻走遠了。

是因為石頭太綠了嗎？它收集了一身的蒼苔，又站在參差錯落的綠樹下，綠得如此圓潤鼓脹，好像一陣雨後就會再長厚一點長大一點，說它像芋頭葉子，也不能算太荒謬吧！

也許我根本沒看錯，我的確看到了芋頭葉子，在夢的末一章。然後，我看到石頭，在醒的第一章。究竟我是見葉者抑是見石者，我是把夢裡的芋葉移植到醒裡來了？還是把醒時的石頭回映到夢裡去了？

不過，想來還有另外一個可能，那些芋頭葉子全是石頭變的，這些石頭在山裡，千年萬載，吸風納露，修鍊久了，一時度化不成動物，卻度成了植物，但道行還不高，經不得明眼人定神一看，就現了原形。

其實，你這傻瓜，作石頭有什麼不好？別再三心兩意了，一切石頭想度成植物，作了植物又想度成動物，度成動物又想修得人身，等修得人身呢？卻又想回復為無知無識的石頭了。

對了，還有一種推理，那就是我的確看到一大片芋頭葉子，但它們曾長期渴望改換自己的身分去作石頭（深褐色的芋頭本來就是石頭的表親），它們等待了又等待，它們一直在學石頭的沉潛淵靜，石頭的厚重突兀，於是，有一天，天神說：「可以了，你可以作石頭了。」而在那快不及秒的剎那，大化自以為神不知鬼不覺的當兒，我竟是唯一的目擊者。目擊芋頭葉子變成石頭的神奇不著痕跡。

那石頭真沒道理，到底是怎麼回事？我簡直給它弄糊塗了，當然，也許我該說的是芋頭葉子無理。總之，我是給它們弄得頭腦不清了，我發現我必須趕快抽身，否則，眼看著，我不單弄不清楚石頭和芋頭葉子之間的關係，更糟糕的是，我快要弄不清楚石頭、我和芋頭葉子三者之間的關係了。

車往山上爬，山往雲上爬，雲往無處爬，如果再折回去，我會看見什麼？是石頭，抑是芋頭葉子，而對方又會看到什麼？是我？抑是綠綠涼涼的清風？

三百六十次月圓事件

十二月三日，黃昏，我在圓山下車，打算鑽過地下道，轉車到大直演講。猛抬頭，一彎月亮在高架橋上，竄起丈許，威風凜凜地亮著。

怎麼就圓了呢？陰曆是幾號？真丟臉，怎麼會身屬一個過太陰曆的民族卻把月亮的盈虛也搞混了呢？

地下道張著大口，不知怎麼，月下竟有幾分像巖穴。當初必有人從那樣的洞窟裡走出來，瞠目結舌，驚見那幅太古的月亮！但是，而今怎麼搞的？月光竟會恍惚地又巡邏到地下道的通口來。

而此刻車輪淌過如水，滿江急流中，我是舉足涉向彼岸的過客。一座賽錢櫃（就是寺廟門口供人投錢的那種東西）似的垃圾箱忠心而卑微地站在身旁。我不能決定它是詩意的還是不詩意的，我從囊袋裡取出一枚橘子，澄黃渾圓而又芬芳，那是我演講前唯一的食物了，我定定地望著月亮一瓣一瓣地吃著，一面把皮核丟進筒中，忽然我覺得自己是一個會作法的人，那每一瓣清涼都分明是月光。

吃完了月光，我感到全身透明剔亮起來。

回頭望，一切都變了，真個是「霧失樓臺，月迷津渡」，這圓山，什麼時候變了的？小學，我們的校歌是「圓山虎嘯，劍潭水清」，大學，以及大學畢業以後，這條路是天天走的，什麼時候，它變了的？都不告訴我一聲，它竟變了。

不是有一個小小的燒餅店在動物園門口嗎？不是有一個嘴饞的女孩老遠跑來買了吃嗎？她不是興奮地去看老虎跳火圈嗎？怎麼一眨眼，來畫大象的竟是她的兒子呢？小小的燒餅店又到哪裡去了？什麼時候月亮竟搞了三百六十次月圓事件？

我生氣地走下地下道去，再也不要理那盞月光。

——選自《再生緣》，摘錄於〈他們都不講理〉

地勺——記達爾湖以及湖所在的喀什米爾

初識喀什米爾，是在一張宣傳單上，一座五顏六色的大花園，絕對而純粹的漂亮，心裡立刻警覺起來，開始有幾分不放心，覺得這種地方美則美矣，可是，不免有點像在很過分地討好觀光客。我一向怕別人太討好我，我喜歡去的是自顧自的在生活而不太搭理觀光客的地方。而且，正像女人，太漂亮的難免肢體發達頭腦簡單，如果僅僅為了花園裡那片繽紛，走過三分之一的地球，我是不甘心的。

可是，「喀什米爾」那名字實在好聽，古人論詩分「聲情」「辭情」來解析作品的美，所謂聲情，便是指詩的音樂性，以及「聽來好聽」。喀什米爾的聲情不錯，細細聽去，柔和悠遠，略帶幾分迷離，也許該翻成「慨虛謎爾」，習慣上喀什米爾又總跟羊毛聯想在一起，想到開司米羊毛，只覺柔和溫暖，很想握在手裡摸一摸，貼在臉上摩一摩。而且，它又跟我們小時候跳的一支新疆舞裡的地名十分相似，那首情歌的內容無賴而可愛：「天空的顏色是藍的，喀什噶爾河水是清的，你若不答應我要求，我向喀什噶爾跳下去。」歌跟舞本來早就忘了，此刻卻一起兜上心頭來，不知那情歌中女孩經此威脅有沒有答應那賴皮男孩的求婚？不知道她如果不答應，那傢伙有沒有真的跳下去？唉，新疆真是遠，老歌真是遠，那對河畔的小冤家到底如何了？真教人放心不下。急急去翻一張地圖來看，一片新疆大得嚇死人，兩隻手都放上去還蓋不滿呢，而比例尺上說是六百萬分之一，如果直的加六百萬倍，縱的也加六百萬倍，真的新疆就該是三十六兆倍了，如果這張圖上需要三個手印才遮得住，整個新疆想是需要一百零八兆個手掌才能遮滿。想到這裡，心裡漲滿對那塊未見之地的柔情。新疆，願我有比千手觀音更大的法力，願我有一百零八兆溫暖的肉掌，輕輕的，一一的覆遍你每一寸土地，是摸索，也是膜拜。

終於找到喀什噶爾河了，高興地看了半天，好像連波光都看到了，只是依然想不出那首歌裡的少年到底有沒有把那姑娘娶到手？沿著河向西南，就是喀什米爾了，喀什米爾和喀什噶爾一定有點什麼關係吧？地圖的邊沿上寫著一行「中蘇阿巴印未定界」，中學時畫地圖，很煩那幾個字，既然未定，還叫人畫圖，真沒意思，可是此刻看了卻暗自高興。這地方東邊是西藏，北邊是新疆，其中有塊叫「拉達克」的地方，外號就叫「小西藏」。好吧，去吧，雖然宣傳資料上花園裡的鮮紅嫩綠讓人覺得膚淺，但「慨虛謎爾」實在滿好聽的，說不定真有可觀，何況它又和西藏新疆比鄰，我對它先自有幾分情了。而文字學的老師說過，大凡字音和m有關的，像「幕」、「祕」多半和神祕、包覆的情感有關，「慨虛『謎』爾」也有此音，我倒要試試文字學家說得對不對，想來「慨虛謎爾」應該是神祕的，應該是包覆著的謎，等著我們去猜中。

●

及至到了印度，每次碰到有人問我們旅行路線而我們一一回答時，總免不了引起一點豔羨的嘆息：

「啊，喀什米爾！」

「啊，度蜜月的地方！」

我們的虛榮心愈來愈高漲，不久就學會用沾沾自喜的語氣自動去刺激別人：

「喂，你知道嗎？我們要去喀什米爾哇！」

大家對喀什米爾的熱情一路上因為別人的嫉妒而不斷增加，一個隱隱的高潮在心裡漸漸成形了。

飛機還沒有降得很低，山坡上的村子便已經一一在望了（可能是空氣乾淨的關係），那些小屋顯然是貧窮的標誌，鐵皮屋頂在陽光下反著光，看來比瓦頂屋更寒傖，憑窗看去只覺山勢陡峭，一座座屋子裡住的恐怕都是終身不曾遠行的村民，可是，我知道，只不過交會一眼，我已經深相羨慕，於是不得不好言勸起自己來：

「不要眼紅，只要這世上有人活得好，而那人卻不是我，也罷，不也一樣嗎？」這樣的話，對自己不斷地多說幾遍，倒也有效，只是心裡還是免不了悵悵然。

投宿在船屋上，香港的水上「蛋家」（或寫作「蜑家」）給人赤貧的印象，此處的船屋卻是豪華的。以整個千頃翠波的達爾湖作院子，不管是大船小船，只要在水湄有一小塊棲息之地，便自令人有幸福到心生罪疚感的程度。

我們的人分宿在兩條船上，船是紋理極細緻的木材做的，加上很古典的鏤花，地上鋪著厚地毯，頭一間是富麗堂皇的琉璃吊盞的客廳，第二間是高背椅儼然的餐廳，接下去左邊是甬道，右邊是臥房，最後一間不需甬道所以大些。船左右兩側有窗，窗外時有翠鳥呼朋引伴，不仔細看，只當是一種浮動的荇藻，船屋白天很涼爽，晚上冷得要蓋三床厚羊毛毯。

喀什米爾真正的特產應該是山景，其他倒也普通。奇怪的是玫瑰別處也有，偏偏這裡的開得特別大，特別挺。芳草當然是天涯到處都生的，偏偏這裡的含煙沁翠，綠得要冒出水來。達爾湖雖迷人，世界上卻也到處有湖啊！但這達爾湖一塵不染，低頭只見小魚在水草間擺頭而游，想來大概等於美人與醜女的差別了，一般是兩個眼睛一個鼻子一張嘴，美麗靈秀的和骯髒邋遢的卻有天壤之別。至於我一直擔心的「做作景觀」，倒並不存在，喀什米爾還是各人過各人的日子，雖然也賺觀光客的錢，但一花一草卻是他們生活裡真實的東西，宣傳資料上太豔的花，太華麗的噴泉，其實是因為沒有和峰巒和高原和大湖一起看的關係。

●

放下行李吃了烤羊肉，就等著要去看花園了，為我們開飯的管理員把白衣服一脫，轉眼又變成了生意人，說是有表親託他賣精品東西，頗有「工廠直營」的味道。他把羊毛披肩一條條抖開，我們立刻知道惹禍上身了——一張大布裡簡直有成千上萬的披肩，只好拿出中國人的「拖」字訣來，一切賴到「下次」再說。

船屋和馬路之間因為有湖相隔，往返都要坐一種小船。印度、尼泊爾、喀什米爾一帶因為長期和英國接觸的關係，許多小生意人都能說滿口英文，做觀光客生意的當然更是無師自通，但奇怪唯獨對這種小船，他們一定要堅持「原文」，叫它「錫克惹」，問他們「錫克惹」有什麼特別的意思，答曰，沒有，就是boat（船）的意思，那麼為什麼不叫它boat呢？答曰，因為事實上它就是「錫克惹」嘛！沒有辦法，我們只好被強迫學會了一句喀什米爾話，及至學會，卻覺得喀什米爾人真倔得可愛，真的，這實在是一隻「錫克惹」而不是一隻boat。所謂「錫克惹」對他們而言包括湖光山色，包括朝露夕嵐，包括「心形槳」的撥動，包括欸乃一聲，鬢眉皆綠的映照——這一切，怎能靠一個boat道盡？「錫克惹」當然還應該是「錫克惹」。「錫克惹」上可坐可躺，舊的棉布帘雖不夠華麗，也自有一種村人風味。及至坐定才發現搖船的剛才似乎也身兼廚房某要職，好在划船對喀什米爾人來說等於呼吸，大約不須專業人才。

去看花園，不覺稱奇，許多天來看蒙兀兒宮殿發現回教建築實在喜歡水，導遊每指著枯池說：「當年有茉莉花隨著水波一路流轉呢！」想著當年宮女的軟語，想著飄流的花香，真不知是什麼歲月，室內的宮殿既然如此，設在野外的喀什米爾花園引水成景更是勢所必然。想三百年前引寒泉而成柱，大地把泉水給了人類，人類卻把泉水噴向青天，這一轉手間，真是神奇。

導遊、介紹資料，和一切喀什米爾人都說他們有三個漂亮的「『花』園」，其中最出名的是「耐夏花園」，其實那些花倒也平常，無非是些矮牽牛、一串紅和圓仔花罷了，到臺北假日花市轉一遭，可以找到的花色還多些。蒙兀兒花園的花其實完全不是重點之所在，他們得天獨厚的地方完全在於那插天的青峰，如此清晰、如此厚重、如此綿亙、如此天生媚骨的群山。其次則是那些水晶簾似的噴泉。整體來說，一畦畦怒生的花田，一波波激湧的花海，只不過是一小堆一小堆的點綴，像大英雄大豪傑的一點點的柔情，是鐵馬金戈之餘的偶爾一聲低喚或一個溫切的眼神，因而特別惹人感激心疼。

看花容易神搖意蕩，城的另一邊剛好是湖，倒可以澄目清心。

湖上正是落日時分，青煙薄薄地升起，看久了只覺一陣淒迷，也不知道那份濕涼是來自湖上還是來自睫下……

「咦，」有人叫了起來：「你們看那拱橋像不像西湖？」

其實這話說得可笑，大家都年輕，當年誰也沒有去過西湖。只是，彎彎的拱橋在水上——水在蘋藻的無限蕩漾裡——蘋藻在天地的蒼茫中——蒼茫在我們的心裡。

那拱橋實在像西湖，為什麼會像，真是講不清，但紀錄上說玄奘來過，玄奘住過，這其間也許有些因緣。只不知當日玄奘到此，是否也感到躊躇，佳山秀水似乎比窮山惡水更令人想家吧？湖裡又青盛著一片荷，這裡究竟是哪裡呢？有人問是風在動呢還是旗在飄呢？智者說：「是你的心在動啊！」我想問：「是橋在製造故國還是荷在製造故國啊？」智者是否一笑，回答我說：「是你的心在製造故國啊！」

有小孩子來兜售四枝蓮蓬，只要求兩個盧比（一盧比合四塊半臺幣），小孩子啊，賣蓮蓬是可以的，可不要把屬於玄武湖的鄉愁一起賣給我啊！「海外可採蓮，蓮葉何田田，雲戲蓮葉東，雲戲蓮葉西……」暮靄沉沉，遙天無極，山自何時高起？山自高時高起。泉自何時冷起？泉自冷時冷起。至於花自何時含豔？荷自何時焚香？蝶自何時翩翩？橋自何時拱腰？思想起來令人如痴如迷，一枝蓮蓬是一枝魔棒嗎？為什麼牽起那麼多中國情緒呢？

回到船屋，青青岸草上，白衣的船屋主人正五體投地，面向紅極燦極的西山而祈禱，回教教義我雖不懂，只覺對著落日而下跪感恩，敬謝上天所賜下的「一日之歲月」，應是極可理解的常情。

晚上買舟去湖上閒蕩，黑暗中四山隱隱在望，滿天繁星，櫓聲如夢，湖上寒意甚濃，我們裹著羊毛毯不敢動，世上的水雖有江海大洋，我卻只一意迷戀湖。海太大，大得令人絕望，根本不知要如何去愛它。弱水三千，只飲一瓢嗎？卻又私下希望那只瓢能大一點深一點。而湖便是那隻大勺，清可見底，甘冽可飲。抬頭望天，群星爛然中我只識得北斗七星，此星湊巧也叫做「勺子星」。不知這隻瓢杓意欲舀些什麼，舀些玄思嗎？舀些光芒嗎？舀億萬年來人類的仰望嗎？在星子的天勺與大湖的地勺之間，我們的小舟也許也是一隻小勺吧？只舀一小時的湖上良辰。我自己也是一隻小勺吧？舀一生或痴或狂的欲情。

●

翌晨驅車兩小時往貢馬高原，貢馬地高八九五〇英尺，只差一棟公寓的高度就滿九千英尺了，不知它為什麼偏偏不肯高上去，大概是受過老子哲學的影響，不願意持盈保泰強為物先，反而喜歡凡事稍退一步想吧？

去貢馬有如讀愛情故事，終局固然美妙，過程也夠曲折引人。車子走著走著，忽然山坡上瀉下一片繁密的小野菊，你正想凝目看小野菊，卻又忽見山岩缺口處溫潤如綠玉的村聚正有情有意地展在腳下，任神仙看了也想下去走一遭。正痴想著，又忽見蜿蜒前路上有著許多蘑菇似的形狀，仔細一看是山民頂著大包袱在走路。然後是驚人的大樹，大得令人驚呼，可是一聲驚叫還不及住口，人家又指給你看更大的整列的喜馬拉雅山。人被種種美景驚動到極致之後遂轉而不驚了，只覺那喜馬拉雅就是該在那裡的，山既不驕傲，也不是不驕傲，我不瞬目地看著它，只覺是舊識。一路行來，雲裡看過，雨裡看過，天上看過，地下看過，此刻卻特別寬闊而清楚。奇怪的是，坦蕩相見的時候並不覺其露，雨霧相隔的時刻也不覺其隱。從小畫熟了也念熟了的一帶山啊，此刻相對，覺得它是我的——卻也同時覺得它是天下人的，覺得它無限大，卻也覺得它可以作我的屏風，或我的倚枕，古詩詞上不是有「屏山」或「山枕」的字樣嗎？當我年老，要不要倚一列青枕入夢……

然後，一朵朵小野花又把我的魂叫回來，我仍然是置身車中的觀光客。

尼泊爾、喀什米爾一帶盛產地毯，我好像漸漸了解其原因了：這一帶多高山草原，每年春天，雪水初融，滿山滿谷一片紛紅駭綠，整個大地無一寸不是地毯，教凡人如何不想模仿？地毯又是用羊毛織的，羊是吃了青草才長出毛來的，想來羊兒的每一根纖維裡都有對那一番萬紫千紅的記憶，織出來的毯子也正是那段野花芳草的舊因緣啊！

貢馬地區養了兩千匹馬，夏天讓觀光客繞山看景，冬天積雪二十四英尺，又是滑雪勝地了。上天對喀什米爾之厚實在令人驚羨，國內遍植崇山峻嶺不說，而且同樣一座山，夏天是玉琢，冬日是粉粧。大湖綿延，春天是可以嵌花的軟玉，冬天則又是堅實的硬玉，真是左右逢源。

我挑了一匹棕色馬，聽說牠名字叫Sunny boy，陽光男孩，滿好的名字，馬伕牽著馬，一路叫著「補盧蛙——」而前。

「那句話是什麼意思？」

「就是『往前走』的意思嘛！」

「馬怎麼懂呢？」

「從小教當然就懂啦。」他一副喀什米爾馬自懂喀什米爾話的樣子。

明知是別人馴好了專供觀光客騎的乖馬，明知馬伕在旁陪著，但一韁在握，從八九五〇英尺的高原下望人寰，仍然自覺意氣雄豪，此生此世，想起一度跨鞍徐行，遙看喜馬拉雅，也該心滿意足了吧？

在喀什米爾，買東西也很好玩。曾有一個早晨，我們六點鐘出發，去看水上的蔬菜市場，一條一條裝滿蔬菜的船，或是淡綠的絲瓜，或是濃紫的茄子，或是長長的豆，或是團團的大頭菜，那種船比遊船更有意思，一艘艘毫無觀光色彩，只是平實的生活，但每一船又不自覺地那麼美麗，賣的不僅是菜，也是顏色和造型，至於賣花的船則更是簇簇擁擁地數不過來，其中有些船獨自側彎到荷花田裡採些荷葉荷花紮成一束來賣，顏色雖不多，眾船裡卻絕不會弄錯，因為沒有一艘船會比荷花船漂亮，他們紮荷葉的方法倒也奇怪，四枝荷花穿一枝荷葉而過，像是座標圖，四個象限裡各有一朵美在坐陣。慕蓉買了兩把，大家搶著拿來照相。

除了蔬菜市場，整個大湖全是他們的商場，不到夜晚，絕得不到清淨，他們賣皮件、賣彎刀、賣木雕盒子、賣寶石、石頭和各種手工藝品，有時令人煩急，因為每條觀光客的船總會被三五條船夾起來盯梢，當然，有時候放寬了心，把它當成觀光的必要遭遇倒也罷了，其中如南華倒也買了一條很出色的不丹的錢穿成的項鍊，我自己花二十塊美金買了一件皮背心。當時賣主指索我的毛衣外套，我一聽大喜，這件老毛衣我久欲擺脫它，卻因款式老顏色暗而不好意思出手送人。要丟嘛，它又偏偏一點也沒壞，連扣子也不肯掉一粒，只好自己拖拖拉拉地穿著，事實上我還帶過丈夫小孩的衣服一路送人，此刻這件衣服居然可以搭配著算是「以物易物」，實在好玩。成交時剛好到岸，兩下都很高興，他說了一句：「這件衣服，我要帶去給我媽媽穿。」我一聽，又不免心痴意醉起來，春秋薄涼的日子，早晚露冷的時辰，會有一位陌生的喀什米爾老太太，穿著那件藏藍色的老毛衣，想世人之間的因緣，物我之間的聚散是如此曲折，那毛衣我平日雖不太喜歡，此刻卻也有點徘徊留戀的意味。「以物易物」真是好，家裡每樣東西都像章回小說，其來處有所承襲，其去處可做下回分解——

●

喀什米爾到處種著一種叫「遷那惹」的樹，樹身細長，不是龍柏或樅樹那種塔形的細長，而是上下一般細長。葉子也不呈針狀，而是一片規規矩矩正常的葉子，聽說這樹是來自波斯伊朗，是居民移植過來的，而且據說長得比原產地更高大青盛，那樹看來沉穩安靜，似乎在說：「讓我把腳踮高一點，容許我再高一點，讓我多握一把陽光。」它就在那樣的渴望中不知不覺地長高了。

喀什米爾到底有什麼好？不過是個有山有水有花有鳥有朝陽有落日的地方罷了，不過是小船載著直莽的歌聲行在荇藻之間的地方罷了，不過是夏來有荷花秋來有蓮蓬以及草場上有羊群，市場上有羊毛披肩的所在罷了……，只是我們到底迷上了它的什麼？我們為什麼對著一個破衫的小女孩也會著迷，我們為什麼要求舟子一遍一遍帶我們放槎於深夜的湖上，我們為什麼一直懇求旅行社的人問他們有沒有兩天以後的飛機好讓我們再多遷延徘徊一下？

想當年回教帝王中的一世之雄阿克拜大帝，生平武不可當，仁而無敵，唯一能征服他的，竟是喀什米爾的山水。那些花園就是他迷上這些山水以後建造的，聰明如阿克拜大帝，恐怕當年早就看出，自己的那些花園，不管如何花團錦簇，終須棋輸一著，阿克拜——這印度回教帝國的漢武帝——在他臨終閉目之際，被詢以「你還有什麼希求？」（奇怪，為什麼要這樣問呢？倒像問臨刑的犯人，也許臨終和臨刑的確很難分吧！）他在臥榻上喃喃然說：「喀什米爾，只有喀什米爾……」

而阿克拜大帝的孫子，深情的沙傑汗——也就是為亡妻築泰姬瑪哈陵的那一位，也在初見喀什米爾的時候驚道：「如果地上真有樂園，那……就是這裡了，就是這裡了……」

而我，同樣承認喀什米爾的美麗，同樣酖迷於山高水清的嶔崎，煙籠月抱的幽淒，但心態上卻又偏偏不肯像那些帝王那樣毫無考慮地把最初的震撼和最後的柔情一併給了喀什米爾。我的心是有所繫念的船，任江洋飄泊，回過頭來棧棧難捨的仍是那一段短短的繫舟的木橛。

好好地美麗下去吧！喀什米爾。美給高僧如玄奘看，美給豪傑如阿克拜大帝看，美給過客如我看，更美給萬千在這塊土地上的生活著的人看。讓船屋夜夜泊在湖邊，彷彿即將啟程往夢中航去，讓蔬菜船朝朝在荷香中周流，你這世上最漂亮的菜攤啊！讓東山西山負責地鋪陳朝陽和落日，讓達爾湖常執行其「澄澈任務」，如某個詩人所說讓「鳥在水底飛，魚在雲上游……」，願高原年年將自己密織為「散香的地毯」，也願地毯作坊裡四時編結暖和而不凋的鮮花，願寒泉噴激處，遊客以「無願」為祝願。至於那些翠羽的鳥，不管你們的翠羽是自山提煉出來的自水提煉出來的或是自天空提煉出來的，願你們出入山水上下水天之際，作一切綠色族類互通音問的信使。

而我，喀什米爾，我不能給你以少年的激情，我不能給你以臨終之際的祈禱，我給你的只是一個旅人的魂牽夢繞，只是一個過客的駐足嘆息。但這樣，不也夠了嗎？在你山疊水複的大卷軸裡，請仔細檢視，不是還有我——這千古以來不知第幾個觀畫人——悄悄按下的一枚鑑賞章嗎？小小的一寸鮮妍的硃砂紅，深情而多事的一按，恰恰好是一顆心的原印鑑啊！

——選自《再生緣》

不買票的蝴蝶

我們一家去恆春玩。恆春在屏東，屏東猶有我年老的爹娘守著那有桂花、有玉蘭花以及海棠花的院落。過一陣子，我就回去一趟。回去無事，無非聽爸爸對外孫說：「哎喲，長得這麼大了，這小孩，要是在街上碰見，我可不敢認哩！」

那一年，晴晴九歲，我們在佳洛水玩。我到票口去買票，兩個孩子在一旁等著，作父親的一向只顧撥弄他自以為得意的照像機。就在這時候，忽然飛來一隻蝴蝶，輕輕巧巧就闖了關，直接飛到閘門裡面去了。

「媽媽！媽媽！你快看，那隻蝴蝶不買票，他就這樣飛進去了！」

我一驚，不得了，這小女孩出口成詩哩！

「快點，快點，你現在講的話就是詩，快點記下來，我們去投稿。」

她驚奇地看著我，不太肯相信：

「真的？」

「真的。」

詩是一種情緣，該碰上的時候就會碰上，一花一葉，一蝶一浪，都可以輕啟某一扇神祕的門。

她當時就抓起筆，寫下這樣的句子：

我們到佳洛水去玩，
進公園要買票，
大人十塊錢，
小孩五塊錢，
但是在收票口，
我們卻看到一隻蝴蝶，
什麼票都沒有買，
就大模大樣地飛進去了。

哼！真不公平！

「這真的是詩哇？」她寫好了，仍不太相信。直到九月底，那首詩登在《中華兒童》的「小詩人王國」上，她終於相信那是一首詩了。

——選自《三弦》，摘錄於〈嬌女篇〉

路

1

喜歡「路」那個字。

「路」的一半是「足」，意思是指「腳所踩的地方」，另一半是「各」，代表「各人有各人的去向」。

有所往，有所返，有所離，有所聚，有所予，有所求——在路上。

2

有一段時間的西洋戲劇，也不知為什麼，故事總發生在街上，跟現在的「客廳戲」、「臥房戲」相比，彷彿那時候的人渾身上下有用不完的精力和興頭，成天野在外面。連莎士比亞的好幾個戲劇都如此，有名的《錯中錯》主角便是從小離散的兩對雙胞胎主僕，一旦機緣巧合，居然同時到了一個城裡。這一來，街坊鄰居乃至妻子都被他們搞糊塗了，而這兩個人彼此居然還不知道。

看來，古人的街路真好。一個人大清早出門，就彷彿總有許多故事，許多躍躍然欲發生的傳奇情節在大路上等你——運氣好的時候竟然冷不防地在街上碰到自己的雙胞兄弟。

3

中國舊戲裡的伶人也叫「路歧」，有學者猜測原因，說是大約因為伶人常演「走入歧途」的情結，所以乾脆把演員叫成「路歧」。依我看，應該是演員自感於僕僕風塵的江湖生涯而採用的名字。一向愛死了一齣舊戲裡的句子：

路歧歧路兩悠悠，
不到天涯未肯休。

附帶的，也愛東坡某首詩裡的薄涼意味，

俯仰東西閱數州，
老於歧路豈伶優？

想來，屬於我的這半生，作教授是不得已，真正羨慕的還是：

有人學的輕巧藝，
敢走南州共北州。

真正想去的還是那——

衝州撞府的紅塵路

能走南撞北，能把舞臺當說法的壇，演千遍悲歡離合，是非得失，是多令人心動的一件事！

4

「大道之行也，天下為公」，說這句話的哲學家，想必常常在街上溜達吧！事實上整個中國哲學裡所討論的問題是「道」，而道，既是「真道」，也是「言道」和「道路」。

坐在車子裡上街的孔子顯然相當愉快，他跟街上的人也熟，看見對面有人過來，他就憑著車前的槓子彎腰致意，那根槓子叫軾，就是後來蘇東坡的名字。

有一次孔子照例又在路上走著走著，因為是異鄉，所以迷了路，叫弟子去問路，卻問出一肚子氣回來，那人的回答翻成鮮活的白話應該是這樣的：

「啊喲，他這人到處跑碼頭，什麼門路沒讓他鑽遍啊，倒來向我問路，我才不跟他這種熟門慣路的人指路呢！」

看來孔子是真的常常身在街路上了，也幸虧如此，若是他身在廟堂，中國就少了一位「至聖先師」了。其實細算起來似乎古今中外的先知聖賢都習慣站在大路上說話。耶穌如此，蘇格拉底如此。釋迦牟尼如果不在路邊看到出殯鏡頭，哪裡會懂得生老病死，深宮裡怎能有可以令人悟道的事件？

5

古人有時勸人行善，而行善的項目居然是「造橋鋪路」。身為現代人當然不能再隨便鋪路了，但作為一個都市的市民，至少應該愛那些如棋盤如蛛網的縱橫路吧？

6

在臺北，如果要散步，入夜以後的愛國西路最好，沒有一條街有那麼漂亮的茄冬，關於這一點，知道的市民很少，倒是小鳥全都知道。愛國西路雖短卻有逸氣，相較之下中山南路嫌板，仁愛路嫌硬，敦化南路嫌洋。

7

迪化街那一帶最好騎腳踏車慢慢逛，一家一家的布店，裡面一張大木案子，因為愛那種斑駁黯淡的木色，有一次我傻呼呼地問道：

「你們可不可以換一張新桌子，把這張賣給我？」

布店老闆淡淡地搖頭：

「這怎麼可以——這桌子我作囝仔的時候就有了，大概八十年了，怎麼可以賣！賣了生意會敗！」

沒買到木桌子，心裡卻是高興的，只要那張木桌子在就好，至於在我家或在迪化街，豈不一樣？老闆既真心尊重它，且讓他去生意興隆。後來每想起迪化街就想起那些實實紮紮的布店，一板一板的布匹，一張掛著老花眼鏡方方正正的老闆的臉。

8

迪化街也賣種子和雜貨，種子對我而言最大的作用是「自欺」，沒有土地的人怎麼可能種花種菜？但有一包雛菊種子在手，至少可以想像一大片春花。

看雜貨批發也很過癮，大簍的愛玉子堆得像小山，想起來真像原礦一樣動人。這些小東西能洗出多少晶瑩剔透的愛玉來啊！一簍愛玉子足夠供應好幾條街的滑玉作坊呢！

木耳冬菇，乾枯黝黑，卻又隱隱把山林的身世帶到鬧市來。大蝦米也叫金鈎，有些霸里霸氣的樣子，牠帶來的是海洋的身世，已經沒殼沒頭，還一逕金金紅紅地惹眼。想來東北人叫牠海米真好玩，到底是莊稼人，明明是蝦，卻偏說牠是海裡的米。我每次總站到老闆娘再三問我要什麼才離開。要什麼，一時怎麼說得清楚，要的只是一個懵懂書生對生活的感知。每見貨運車南北奔馳，心中總生大感激，一粥一飯，一魚一蔬，都是他人好意，都該合十敬領。

平常不容易看到的黑糯米在這裡也能買到，黑黑紅紅，像減肥以後的紅豆，顏色如此厚意殷殷。如果此刻有人告訴我此物補血，我想必立刻深信不疑。

9

如果往長安西路轉，可以順便找到染料店，那些染料小包弄得我如痴如醉，自己染布，這樣調調，那樣攪攪，可以弄出千百種顏色，比畫畫好玩多了。平生不會畫畫的遺憾，至此也就稍平了。

10

迪化街往另一邊轉過去是民生西路，我晃著晃著總會去買一、兩隻光餅來吃，光餅圓而小，撒芝麻，微鹹，中間一個小洞，相傳是戚繼光部隊的軍糧，中間那個小洞是供穿繩成串掛在脖子上用的。我吃光餅倒跟歷史意識無關，只因童年家住雙連一帶，常到民生西路市場上買這種小餅。光餅很耐嚼，像三十年來的臺北。

11

去過紐約的第五街，去過舊金山漁人碼頭，去過好萊塢的日落大道、巴黎的香榭大道，甚至到莎士比亞故居使特拉福村的愛文河畔徘徊，只是一旦入夢，夢裡的街衢繞來繞去卻仍是孩提時期的雙連火車站一幕。鼓鑼喧天處是歌仔戲在作場啊！海浪布幕攪成一片海雨天風，蚌殼精就從那裡上場了，管弦嘔啞，吸取月華的蚌殼精一上場有好多掌聲啊！三十年前的七月半，路邊的一場野臺戲，蚌殼精在海濤裡破浪而出……

12

如果你愛上一個國家，從那個城市開始吧！
如果你愛上一個城市，從那個街路開始吧！
而在你愛那些街路的時候，先牢牢地記下這些熙攘鮮活的街景吧！

——選自《三弦》

西湖十景

如果有幸到杭州的西湖去玩，如果有幸，站在一個視野最好的角度，請問，你能不能放眼望去，把西湖十景，都收到眼底呢？

答案是：「不能！」

為什麼？

世上沒有一個景致可以在一剎那間得到它全部精華。請問，你怎麼可能同時看到「平湖秋月」和「蘇堤春曉」呢？那至少需要用掉一個清涼美麗的春天早上，和一個幽靜深遠的秋天夜晚，才能欣賞到的。至於「柳浪聞鶯」和「斷橋殘雪」在時間上也是絕對不可能同時得兼的景致。「雷峰夕照」和「三潭印月」時間上雖然相距不遠，但畢竟一個在黃昏一個在夜晚。「南屏晚鐘」要最安靜的慧心才能聽到，「曲院風荷」要有風的時候，才能領略。像西湖這種天地鍾靈的地方，哪裡只是隨隨便便就可以一眼看穿的？

你要怎樣才能索探到比較完整的西湖的美呢？答案是，時間。

不管你多麼有錢，不管可以坐怎樣的交通工具，不管你身後跟著多少侍從，你仍然沒有辦法在欣賞「平湖秋月」的同時看到「斷橋殘雪」。

西洋人有一句諺語說：

「即使上帝，也不能在三個月裡造出一株百年橡樹。」

更確切一點說，恐怕是上帝不喜歡一株速成的百年橡樹，連上帝也喜歡按部就班地用百年的歲月來完成一棵百年橡樹呢！

——選自《三弦》

放爾千山萬水身

從書桌前，我抬起頭來，天際紅霞湧現，盛夏的黎明是如此乾淨剔透。我平時很少早起，一時之間，不免為這樣的美麗鎮住了。其實，今天我也沒有早起，而是晚睡，我整夜沒睡，我要出國了，我要出國去觀光了！

這一年，是一九八一年，啊，如果歲月也有其容顏，我願編荷花為冠冕，戴在那一年的眉額之上，那是多麼光華四射的日子啊！出國觀光，法律上是可以的了！

國，我不是沒有出過，我已去過琉球、香港、馬來西亞、美國和歐洲，但都是去演講。而像我這種「楞子性格」，答應演講就真的去演講，順便看一眼明山秀水也是有的，但叫我虛晃一招，假演講之名去流連遊玩，我覺得不算好漢行徑。既然全國之人都不能出國觀光，本姑娘也不打算偷偷開跑，獨享特權。反正，等某年某月某日，我相信，總有一天，當局會開放觀光，我會熬到那一天！「不偷跑」政策也許有點好笑，可是，我就是這樣想的。

同樣的，後來在一九八三年，我赴香港教書時，因為擁有一張香港居民證，可以十分方便地去大陸，但我不去。學校給客座教授住的宿舍便在沙田第一城，社區裡有巴士直達「匪區」羅湖，我眼巴巴地望著站牌，卻仍然咬牙不去。我知道，如果自己能趁別人去不成的時候先去，然後把所見所聞大書特書，當然可以取寵一時，但這種事勝之不武，我也不想要。因為大家同是一國之人，要死一起死，要活一起活，要「不觀光」或「不赴大陸」，大家就該一起不做。

所以，這天早晨，才是我第一次出國觀光。至於徹夜未眠，倒不是因為興奮，而是因為趕著在行前把編撰的一本書的稿子交出來。

我們要去的地方是印度和尼泊爾，啊！唐三藏的旅程，孫悟空的旅程，我們也要去走它一圈！不為取經，只為玩！可憐故事裡的唐三藏一路行行躲躲，唯恐有妖怪來吃他的肉。可憐孫悟空一路打妖怪打得手都長繭了吧？而我們一行卻談笑把盞，駕雲直達，何等愜意。

由於這趟旅程，我交到了知己好友。由於這趟旅程，我體會了東方古國的華豔富麗和骯髒赤貧，至美難蹤和醜惡汙爛。恆河之畔，有人在光天化日之下架火焚燒死屍，濃濁的黑煙中，我驚愕地想起少年時代才會窮思不捨的生命和死亡的謎題。在璀璨如用月光為建材而砌成的泰姬瑪哈陵前，望著身披玉色縹紗的印度姝女，不禁要問愛情是什麼？美麗是什麼？死別是什麼？權力又是什麼？

好的旅遊，不僅帶人去遠方，而是帶人回到最深層的內心世界。

二十年過去了，這段時間，我又去過許多地方，像紐西蘭，像澳洲，像蒙古，像峇里島……但如果有人問我最喜歡旅行中的哪個部分，我會說，我喜歡回程時飛機輪胎安然在跑道上著陸的那一剎。那麼篤定的歸來的感覺。終於，回到自家的土地上來了，這地球的象限中我最最鍾愛最最依戀的座標點。

唐代有個姓吉的詩人曾寫過一句詩：「放爾千山萬水身。」

意思是說，放縱你那原來屬於千山萬水的生命而重回到千山萬水中去吧！

有趣的是，這首詩其實是首放生的詩，詩人放了一隻猿猴，叫牠回歸千山萬水去。我雖然不是猿猴，但我極喜歡這首詩，彷彿它是為我寫的。人類在某種程度上也是一隻急待放生的生物，旅行，至少提供了片面的放生。大約，在我們靈魂深處都殘存著千年萬年的記憶，對深山大澤和朝煙夕嵐的記憶，需要我們行遍天涯去將之一一掇拾回來——因此，能出國去走走是多麼好的事啊！

是的，放爾千山萬水身吧！

——選自《星星都已經到齊了》，原載於二〇〇一．三．三〇《人間福報》

《放爾千山萬水身》選文出處（附錄）

甲、一九六六《地毯的那一端》

1. 到山中去
2. 歸去

乙、一九七一《愁鄉石》

1. 愁鄉石
2. 不是遊記
3. 何厝的番薯田

丙、一九七六《曉風散文集》

1. 墜星
2. 我不知道怎樣回答
3. 湖畔的飄綿

丁、一九七九《步下紅毯之後》

1. 好豔麗的一塊土
2. 留言板
3. 等車及其他
4. 獃人獃話
5. 藍水手
6. 一人泉
7. 衣履篇

戊、一九八一《你還沒有愛過》

1. 常常，我想起那座山
2. 承受第一線晨曦的
3. 那部車子

己、一九八二《再生緣》

1. 遠程串門子
2. 交會

3. 畫中人
4. 情塚
5. 絲路，一匹掛紅
6. 夜診
7. 問名
8. 遇
9. 他們都不講理
10. 地勺

庚、一九八三《三弦》

1. 想你的時候
2. 千手萬指的母親
3. 不買票的蝴蝶
4. 路
5. 西湖十景

辛、二〇〇三《星星都已經到齊了》

1. 放爾千山萬水身

壬、二〇一二《送你一個字》

1. 用地毯來記憶

癸、二〇一四《放爾千山萬水身》

1. 人生，分明也是一部旅遊紀錄

2. 山事

張曉風作品集 11

放爾千山萬水身——張曉風旅遊散文精選

作者	張曉風
責任編輯	蔡佩錦
創辦人	蔡文甫
發行人	蔡澤玉
出版發行	九歌出版社有限公司 臺北市105八德路3段12巷57弄40號 電話／02-25776564・傳真／02-25789205 郵政劃撥／0112295-1
九歌文學網	www.chiuko.com.tw
印刷	晨捷印製股份有限公司
法律顧問	龍躍天律師・蕭雄淋律師・董安丹律師
初版	2015（民國104）年2月
定價	**360元**

書號　0110111
ISBN　978-957-444-980-4
（缺頁、破損或裝訂錯誤，請寄回本公司更換）

國家圖書館出版品預行編目資料

放爾千山萬水身——張曉風旅遊散文精選/
張曉風著. -- 初版. -- 臺北市：九歌, 民104.02

320面；14.8×21公分. --（張曉風作品集；11）

ISBN 978-957-444-980-4（平裝）

855 103026475